I Transmigrated To Goblin , so Decided To Start Farming

ゴブリンに転生したので畑作することにした

富哉とみあ
Tomiya Tomia

主な登場人物
Main Characters

ギーガ

グオーギガの父親。
ゴブリン集落の中では
優秀な戦士。
だが、知能は低い。

グオーギガ

ゴブリンに転生した主人公。
前世でやっていたゲームの
チート能力を持っている。
ゴブリンの好物である
虫が食べられず悩む。

母狼

グオーギガの母。
銀色の体毛を持つ狼。
ゴブリンよりは賢い。

弟妹狼《きょうだい》

グオーギガの弟妹。グオーギガに懐き、
いつも足元にまとわりついている。

ジィア
オークグループのリーダー。
特技は弓。
けっこう教養がある。
エメルゥ
子ゴブリン集団の一員。
体はかなり小さいほうだが、
手先は器用。
バハルーア
子ゴブリン集団のリーダー。
通称「リーダー格」。遊びでも
平気で仲間を殴り殺す。

プロローグ　ゴブリンに転生したけど、さすがに虫は食えない

俺は今、試練のときを迎えようとしていた。

目の前には、銀色の体毛を持つ一匹の狼。

頭だけでも俺の体ほどの大きさがあり、いやに巨大に感じられた。

狼は低いうなり声を上げている。

その雰囲気に気圧《けお》され、ごくりと生唾を呑み込む俺。

そして、ついにそのときはやってくる。

狼が、大きく口を開いたのだ。

白い牙がギラリと光り、顎《あご》からはよだれが垂れる。

——とうとう来たか。いや、これは生きるため、越えねばならぬ試練だ。来るなら、さっさと来い！

覚悟を決めた俺に、狼は飛びかかってきた。

俺の体ざっと五つ分はあるだろう巨大な狼だ。のしかかってこられると非力な俺では耐えられるはずもない。

地面に押し倒される。俺の口の下あたりには狼の鼻。食い千切ろうと思えば、たやすくノド笛を噛み切ることができる距離だ。

生暖かい息が俺の顔にかかる。狼が開いた顎を閉じた。

直後、グーッという変な音。

そして狼は俺の口を半ば無理やりこじ開け、そこへ自らの口を通じて何かを送り込む。

……何か、というのは胃の内容物なのだ――。


俺が狼の子として生まれて一ヶ月、これは離乳食というやつだった。

エサをくれているのは、俺の母親である狼。といっても俺はゴブリンなんだが。

ゴブリンはオスしかいないので、こういう風に他の種族のメスを使い、子供を増やすらしい。

生まれたときは狼の乳だったからまだ良かったけど、胃の中のモノのリバースはさすがに……。

い、いや、だが、俺はモンスターに生まれ変わったんだ。そういう転生系のウェブ小説では、それに従って徐々に感覚や味覚も変わることが多かった。俺も、きっとそうなるに違いない！

そんなことを考えながら、息を止め、俺は口の中に流し込まれた何かを呑み下した。

そして鼻から息を吐く。母狼の胃液の香りが、俺の鼻を支配した。

――十秒後、俺たち家族の住処である洞窟には地面に手をついてゲーゲーと胃の中のものを吐き出す俺の姿と、俺のお尻を心配そうに鼻でつっつく母狼の姿、そして俺の吐いたものを食べようと喜んで群がってくる弟妹《きょうだい》狼の姿があった。

味覚、ぜんぜん変わっていませんでした……。

「帰ったぞー！」

気持ち悪さと、ひもじさでエッグエッグと泣いていた俺の耳にそんな声が届く。

現れたのは、俺と同じゴブリンである父親だ。緑色の肌に、大きな鷲鼻《わしばな》。上半身は裸で、元々は緑色だったろう、ボロボロのズボンだけを穿《は》いている。

母親の背にまたがって馬のように乗りこなすぐらいだから、サイズは人間の子供ぐらいだろうか。

この狼の大きさが俺の知っている前世のものと同じなら、という前提条件はつくが。

ゴブリンだから仕方ないのだが、あまり頭は良くなく、いまいち頼りにならないと俺は思っている。

「ハッハッハー！　やっぱり、ダメだったかー！」

俺の様子を見て、父ゴブリンは何が起きていたのか察したようだ。

母狼が吐き出すエサに群がる子狼と、そこから全力で遠ざかる俺という構図は今まで何度も繰り返されている。そのため父ゴブリンも、俺が母狼の吐いたエサを食べられないことを学習したようなのだ。

この父親にしては察しが良い。奇跡的だ。

そんな失礼な感想を抱いた俺に、父ゴブリンが言う。

「やはり、ゴブリンの子にはゴブリンの食べ物だな」

……え？

「グオーギガ、お前用に子供の食べ物を持ってきたぞ！」
パ、パパァァン！
頭が悪いとか頼りないとか思ってごめんよ！　あなたは最高だ！　よく考えたら、他のゴブリンに比べれば知的だしね！　愛してるー！

そして父ゴブリンは、俺にずいっと、右手に持った汚い袋を突き出した。

「食え！」

ひゃっほーい！　子供の食べ物ってことは果物みたいな甘いものに違いない。最悪でも木の実とかだろう。

何が来ても空腹がスパイスとなり、おいしく食すことができる、俺にはそんな自信があった。

袋をぱかっと開き、中を見る俺。暗闇を見通す俺の目は、袋の中に入った何かを鮮やかに捉えた。

その中身は……。

うん、中身、虫だったよ。

カブトムシの幼虫みたいな丸々と太ったフォルム。さらにゲジゲジのような足がついている。虫はワサワサと音を立て、その足を動かしていた。

結局、この空腹感との戦いは、母狼に連れられて頻繁に外に出かけ、果物や木の実が採れる樹木の近くで遊べるようになるまで続いた。

しかしそうなってからも、父ゴブリンは「なんで、こんなうまいものが食べられないのだ！」と言って、俺が虫を食べられないことを理解できず、毎日その虫を差し出してくるのだった――。


ここらで軽く自己紹介をしよう。俺の名はグオーギガ。

ゴブリンの父と狼の母の間に生まれたゴブリンだ。

さっきも言ったように、ゴブリンにはオスしかいないため、異種族のメスの腹を借りて増えていくんだそうだ。父の場合は狼だったが、人間の女性だったりする場合もあるらしい。

そう父が話してくれた。

どうして子供にこんな話をするのか……違和感が半端ないのだが、これがゴブリンたちの風習なのだろう。

俺が普通のゴブリンだったらあっさりと順応できていたのかもしれない。

だが俺には地球の日本というところで人間として生活していた前世の記憶があり、ゴブリンの常識にまったく順応できていない。

とはいえ残っている記憶も中途半端だ。自分も含め、友人や家族などの記憶は曖昧で、日本という国に住んでいたことぐらいしか覚えていない。ただ、結構やり込んでいたゲームの知識や情報はなぜかはっきりと残っている。……なんでなんだろう。

まあ、とにかく、この現実を受け入れていくしかないのだろうと、そう思っているんだ。

幸い俺の父はウルフライダーと呼ばれるエリートゴブリンらしく、ゴブリンのコミュニティ内でも上手く立ち回っているらしい。さらに俺は記憶の中にあるゲームのものじゃないかと思われるチート能力も持ってるんだ。

まあ、そういうわけでうまく生き延びられるんじゃないかと楽観していた。

第一章　ゴブリンに転生したけど、いまだに虫が食えない

――ウツだ。

生まれてから百日目ぐらいだろうか。

俺は同年代の子供のゴブリン六体ほどに囲まれながら、鬱屈《うっくつ》としていた。

囲まれているといっても、別に脅《おど》されているわけではない。

むしろ逆。群れの真ん中に入れられ、守ってもらっている感じだ。

俺は彼らと森の中へ虫採りに来ていた。

虫採りといっても、虫を捕まえて飼うわけではない。

捕まえて食うのが目的なのだ。

「かう」と「くう」、一文字違うだけなのにえらい差である。

俺が同年代のゴブリンの子供たちとつるむことは、ほとんどと言っていいほどない。

理由はシンプルで、俺がやつらの遊びについていけないからだ。

ゴブリンの子供たちはチャンバラごっこをしても木の棒とかで思いっきり殴り合う。死者が出て

も気にしない。

ハッキリ言って参加したくない。

それなら弟妹狼たちとレスリングもどきをしながら地面を転がっているほうがマシである。むしろ、あっちの方が楽しい。なぜなら彼らは手加減という言葉を知っているから。ゴブリンと比べると、実に文明的なケダモノである。

そんな俺の非コミュぶりを心配したのか、父ゴブリンによって、俺はこの子供たちの虫採り会に強制参加させられてしまった。

本当に、大きなお世話だ。最初の印象のせいか、虫はいまだに食えないというのに。

まあ今回の虫採りは、過去に参加させられた本気で殴り合う遊びとかよりはマシである。前のときは、先の折れた錆びた剣を振り回すリーダー格の子ゴブリンが無双していたし。その武器はゴブリンたちにとってずいぶんと良い得物《えもの》だったようで、大人に取られていたが。

俺は体も小さいし、そういうのに参加させられたときは逃げ回るか早めに降参し、できるだけ目立たないように隅っこや木の陰で丸くなることにしている。

そんなことを考えながらも、俺はきちんと周囲に注意を払っていた。

「ん、あそこに何かある」
・・・マーカーが出ていたところを、俺は指差した。

前世でやっていたゲームの能力を得て転生したらしい俺は、特殊な能力をいくつか持っている。

そのゲームには、宝箱や切り株といった何らかのアイテムが眠る場所に「▼」マークが表示される仕様があった。それと同じように、薬草や木の実を探していると、突然「▼」マークが現れ、そこに何かがあることを示してくれるのだ。

俺は、これを『マーカー』と呼んでいる。

重要なアイテムだったりすると、探していなくてもマーカーが勝手に表示されることもあった。

一度父の食料集めに同行したとき、土砂崩れで埋まったらしい冒険者の死体と、一緒に埋められていた金貨や装備品とかを見つけたこともある。

父は「ガーラガ」という種族の冒険者の死体だと言っていたが、その姿は前世の俺が知る「人間」と同じだった。

前にゴブリンの死体で試したように、アイテムボックス（これも俺のチート能力の一つだ）に千切れた死体の一部を入れたら【人間の指】と日本語で表示された。なので、「ガーラガ＝人間」で間違いはないと思う。

ただ、父親が言うように本当に冒険者かどうかはちょっと確証が持てなかった。

もしかしたら「傭兵」とか「ハンター」とか呼ばれる人間だったかもしれない。

弓などは壊れていたが、彼の持ち物らしきものの一部は父親にも内緒で頂いておいた。

「アッタ！　ウマイ！」

倒れて腐り始めていた木の、俺が指差した部分を調べていたひときわ体格の大きなゴブリンが叫ぶ。

例の、子ゴブリンたちのリーダー格だ。

「マダ、アルゾ！」

そう言ってリーダー格が木から一歩退くと、我先にと他の子ゴブリンたちが倒れた木に群がっていく。

虫がもぐった跡らしき細い穴に、手を突っ込む子ゴブリンたち。

彼らが今採ろうとしているモノ。大人のゴブリンでは手が大きすぎて穴をほじれないらしく、子供たちだけが採れる食べ物、なのだそうだ。

……父は棒を使って、せっせとかき出していたが。

そう、それこそが父がよく採ってきていた、カブトムシの幼虫にゲジゲジの足がついたようなゴブリンの好物なのだ。

これが子ゴブリンたち全員に行き渡らないと、こいつらは殺し合いレベルのケンカを始める。

だから少し時間はかかるものの、俺はとにかく虫が大量にいるところを探していたのだ。

そんなに親しい仲でもないので彼らが死ぬのはかまわないのだが、殺し合いに巻き込まれるのだけはカンベンして欲しかった。

「サスガ、グオーギガ、ダ！」

リーダー格が俺を褒める。

「コレ、オ前ノ！」

カブトムシの幼虫にゲジゲジの足がついたような白い虫を両手に掴んで差し出してきた。

虫はワサワサと音を立て、せわしなく足を動かしていた。

俺は自分の顔が引きつるのを感じながら、彼にお礼を言った。

「あ、ありがとう。父さんや弟妹狼のお土産がたくさん採れてうれしいよ！」

それを聞いたリーダー格は満足気に一つうなずく。

俺は虫の頭を潰《つぶ》してから、森を歩いている途中で見つけた異様に巨大な葉っぱを取り出し、その死体を包んだ。

も、持っていたくない……。

だが、自分用の食べ物を入れる予定のボロ袋にこいつを入れるのだけは論外だった。


彼らとの昆虫採集は、これで三回目。

子ゴブリンにはお土産を持って帰るという発想がないため、最初のころは俺の行動を不思議がっていたが、三回目にもなれば誰も気にしなくなった。

このへんも、俺の持つゲームの能力と関係があるんだと思う。

かつてやっていたゲームでは、仲間やＮＰＣ、ヒロインなどに贈り物をすることで好感度が上がるという仕組みがあった。多分、こうして俺が虫を発見することも、贈り物の代わりになっているんだと思われる。

ゲームでは贈り物をあげる対象キャラとの会話、他のＮＰＣとの会話、部屋に飾られているものなどから今そのキャラが集めているもの、探しているものを判断でき、それを渡すと大幅に好感度が上がった。物欲しそうに見ているアイテムを渡すのも大幅アップに繋がる。ランダムにチョコチョコと欲しいものが変わるので、けっこう面倒だったのだが。

彼らに好物の虫を贈るのも、かなりポイントの高い行動だと思う。

だから、俺が虫をお土産に持って帰るといった不可思議な行動をとっても、親しい友人だからということで、とりあえず許容されているのだと推察している。

もっとも、好感度に関しては、パラメーターで見られるわけではなく、相手の反応や俺に対する言葉で判断するしかないので、実際に上昇しているかの確証はない。

ゴブリンにはメスがいないので、恋愛関係になりそうにないのだけはとにかく救いであった。恋愛に外見も年齢も関係ないとは言っても、ゴブリンのメスは……ちょっと愛せる自信がない。

唯一の心配は、ゴブリンたちの性欲が強すぎて、他種族のメスを手に入れられなかった大人の男同士が、なんやかんやしている可能性なのだが……。

が、きっと大丈夫だろうと、俺は楽観的に構えている。

ゲームでは、男のキャラや、ちっちゃい少女にしか見えない男の子に贈り物をしても、そういう関係にはならなかった。

ネット上である意味一番人気だった男の娘《こ》も、いかなる贈り物チートでも攻略不可能だった。だからこの贈り物設定に、同性を攻略する能力はないということで間違いはないはずだ。

俺は、そう信じていた。


その後、同じような虫の穴場を見つけてやり、彼らが満足したのを見届けた後で、いくつか俺のやりたいこともやらせてもらった。

一つは、森の木に生《な》る桑の実ほどの小さな果実を採ること。甘くも酸っぱくもない味わいだが、今の俺の主食だ。

もう一つは、毒のない縦長のクルミのような殻《から》を持つ木の実の採取だ。

この硬い殻の木の実は、多くのゴブリンは割ることができない。

地球では、サルでさえ岩を使って硬い殻を割って実を食べていたのに……。

さすが、弓を使えるだけで「かなりのエリート」と呼ばれてしまう種族だけはある。

子供たちにしても、ケンカをするのにギリギリ石を投げられるかどうかという知能レベルだ。しかも石投げが有利な間合いでも大抵は突撃を選ぶみたいだし、そんなもんなんだろう。

人間と比べて身体能力が高い分、そればかりに頼ってしまうのかもしれない。

俺は最初、石を投げるのは卑怯《ひきょう》、みたいな考えがあるのかとも思ったんだが、石投げでリーダー格に挑んだ奴が大きな一派を形成したこともあったのでそれもないようだ。

最後はリーダー格に殺されていたが……。

子ゴブリン同士の遊びで死人が出たところで大人たちは特に気にすることもない。殺された奴の一派だった奴らもリーダー格が取り込み、つつがなくゴブリン集落の生活は続いていた。

俺たちゴブリンの集落は崖の近くにあり、その崖には洞穴《ほらあな》がポコポコといくつも掘られていた。穴の一つ一つがゴブリンたちの住処だ。

虫採りなどを終え、集落に帰ってきた子ゴブリンたちと俺。

俺はそこで、洞穴群の中でもひときわ間口の広い中央の洞穴あたりに、幾人ものゴブリンの大人たちが集まっているのに気が付いた。

あそこはゴブリンの族長が住む洞穴だ。

そして子ゴブリンのリーダー格が住んでいるところでもある。

何か、あったんだろうか？

†

「父さま、何があったのですか？」

子ゴブリンたちと別れた俺は、洞穴の入口近くに集まるゴブリンたちの中に自分の父親の姿を見つけ、問いかけた。

彼は「父さま」と呼ばれると上機嫌になり、なんでもペラペラしゃべってくれる。

ある意味チョロいゴブリンだ。

「ん？　おー、グオーギガか！　いやな、我々のテリトリーを人間《ガーラガ》の男女がうろうろしていてな。男を殺して、女をさらってきたのだ！　族長が飽きたら回ってくるからな！　みんな楽しみにしているぞ！」

そう言って父親は朗《ほが》らかに笑う。

ゴブリンだからか、やっぱり人間とは感覚が違うようだ。

それを聞いて特に何も思わない俺も、だいぶ染まっているかもしれないが。

でも、なんだろう。すっごく、いやな予感がする。

うろうろしていた二人というのは、冒険者だろうか。

俺は父ゴブリンに聞いてみた。

「何故、こんなところに人間がいたんでしょうか。父さまが前に言っていた、冒険者という人間ですか？」

「さて？　だが、ちょっと先に行ったところに人間がいっぱい繁殖していたからな。そこから流れてきたんだろう」

……まったく、状況が想像できない。

人間が繁殖していたってのは、どういう意味だ？

「えーと。ここのような、人間の村《ソムノ》があったということでしょうか？」

「んー。洞窟とかはなかったから、ソムノではないんじゃないか？」

「き、木や石でできた、あー、変わった形の大きな箱のようなものは、あったんでしょうか？」

前に、父がそういう言い方をしていて、家のことかな、と思った覚えがある。

「おー。あったぞ。父さんが、この目で見てきたからな。間違いない！」

……うん、すっごく、いやな予感が当たった気がする。

父が殺し、さらってきたというのは、村の人間か、そこの人間が雇った冒険者の可能性がある。

姿を見られていたりして、ここらへんにゴブリンがいることがわかれば、駆除しに来るかもしれない。

人間は大抵ゴブリンより弱いと聞いているが、父の話の中には強い人間もいた。

なんだか森の奥に何日か泊りがけで遊びに行ったほうがいい気がしてきたな。

群れとは関係ない狼とか、はぐれオークや他のゴブリンの群れとかに見つかったら、どっちにしても殺されてしまうかもしれないが。

だが、俺たちのテリトリーのギリギリ内側ぐらいで潜んでいるぐらいだったら、そういう危険も少なくなるだろう。

食料は虫のときと同じ方法で見つけられるし、こっそりアイテムボックスにも入れてある。

早速、旅立っちゃってもいいんじゃないだろうか。

即断即決。俺はクルリと振り返り、森に向かって歩き出そうとする。

そこを父に抱き上げられた。

「ハッハッハー、グオーギガは、まだまだ軽いなー。お前は、いっぱい食わないとダメだぞー」

そう言って、上に放り投げられ、キャッチされた。

落ちるときにフワリと内臓が持ち上がり、キャッチされたときワキ腹を掴《つか》まれる。ワキ腹がミシリと痛んだ。

肋骨《ろっこつ》が折れそうだ……！

「虫採りはどうだったんだー？　帰ったら、今日どんなことがあったか、父さんと、いっぱいお話しよう！」

ヤメロ！　放っておいてくれ！

そう言いたいのを我慢し、俺は首をひねって父を見ながら質問する。

「父さま。その人間たちというのは大丈夫なのですか？　仲間が仕返しに来るのではないでしょうか？」

「んー、そういえば人間にはそういう習性もあるな。グオーギガは賢いなー！」

仕返しについては、父が話していたことでもあるのだが。父は知識があっても、いざというときに、その知識を脳みそから引っぱり出して現状に適応させるということができないみたいなのだ。これはゴブリン全般に見られる特徴だった。

「人間は森の中で殺したからな。気付かれてはいないぞ。人間たちがたくさんいるところを見たときも、気付かれなかったしな！」

そう言いながら、父は俺を自分と向き合う形に抱っこし直し、俺たちの住む洞穴に向かって歩いていく。

ゴブリンはいつの間にか何体かいなくなるのが日常茶飯事で、誰もそれを気にしたりしない。父はもしかしたら、人間たちもそんな感覚だと思っているのかもしれない。

一人二人消えても、気にしないと。

村を見たときに気付かれていないというのは、どう考えたらいいのか。

それが本当だとしても、腕のいい狩人とかなら、ゴブリンの足跡を見つけてしまうかもしれない。襲撃があるかはわからないが、やっぱりここに居ないほうがいいような……。

そう考えた俺は、とりあえず父親を褒めて、お願い事をする前に気分を良くしてもらうことにした。

「すごいです！　気付かれなかったなんて！」

さて、どうやって森に旅立とうか。脳みそをフル回転させる。そしてピンと閃《ひらめ》いた。

「僕にも、その方法を教えて欲しいです！　森にこもって修行したいです！　母さまたちと一緒にやりましょうよ！」

「ん？　うーん、さらった娘が明日か明後日には回ってくるから、その後なら……」

……ちょっと遅いが、間に合うだろうか。

とりあえず期待してますよ、ということを示すため、俺はがんばって作ったキラキラした目で父を見つめた。

前世から引き継ぐ得意技である。

父は口を開けて上下の牙を見せてから口角を上げるという、ゴブリン特有の笑顔を見せた。

「ギーガ！　ギーガ！」

俺たち親子が同じ表情でお互いを見ていると、そんな声が横から聞こえてくる。

ギーガというのは父の名前だ。

横を見ると、腰巻をした、穂先が半分になった槍を持つゴブリンが立っていた。腰巻が短いため、いちもつがはみ出ている。

「族長、人間取ッテ来ル、決メタ！　次ノ次ノ日！」

「ほう、あの繁殖している人間を襲うのか」

「ソウ！」

「……ふむ」

父はしばらく考え込んだ後、結論を下す。

「わかった。私も参加しよう」

槍を持つゴブリンはうなずくと、立ち去っていった。

父親は俺に視線を戻し、どこかへニャっとした顔で言った。

「すまないな。森に行くのは延期になった」

ショボーンとした顔を作りながらも考える。

「次ノ次ノ日」となると、こちらから襲撃するのは、明後日ということなのだろう。

つまり単純な話、その日を森での武者修行の日にすればいいのだ。

父親か母親がいるときはいつも、住処の洞穴から抜け出すと連れ戻されてしまうが、ウルフライダーの父は、重要な狩りの日は大抵、母と一緒に出かけていた。

人間を襲撃するのなら、父は必ず母と一緒に出かけるに違いない。

その日なら、こっそりと外に出ても、洞穴に連れ戻されることはないはずだ。

本当は父を説得するのが一番なのだが……。

俺は不安そうに言ってみる。

「父さま、人間たちを襲って勝てるのですか？」

「強い者もいるが、大抵は弱い。心配する必要はないぞ」

父はゴブリン風の笑顔で、そう答えた。

……無理そう、かな。

彼が正しい可能性もあるが、とりあえず自分優先で行くことにしよう。

†

痛い、痛いって。ちょっ、そこはラメー！

首根っこあたりの厚い肉を母狼に噛まれている俺。

うまく忍び出たはずだったのだが、母に気付かれ、ズルズルと洞穴へと引きずり戻されていた。

父が他のゴブリンと人間を襲撃しに行った今夜、なぜか母狼は家に残っていた。

それでもあきらめられなかった俺が、忍びのテクを見せてやるぜ！　とばかりにコッソリ外に出てみたのだが、あっさり気付かれてしまった。

くっそー、どうするかな。

母は狼だ。足の速さでは到底敵わない。

逃げても、絶対に連れ戻される。

……ここは正攻法か。

ウルフライダーである父が母に命令を下すとき、彼は母に優しく話しかけていた。

かなり複雑な命令すら、彼女は理解できるようなのだ。

俺は洞穴の岩の上にちょこんと正座し、母の顔を正面から見る。

「母さま、僕は旅立たねばならぬのです。男にはやらねばならぬときがある、僕にとって今がそのときです。僕は、この旅で一回りも二回りも大きくなり帰ってくるでしょう。必ずです。だからお願いです、母さま、どうか僕を行かせてください」

そして俺は両手を床につけ、頭を下げた。

しばらくそのポーズを続けていると、生暖かい息が首にかかり、ほっぺたを舐める母狼の舌の感触がする。

頭を起こすと、そこには大地をしっかり踏みしめて立つ母狼の優しげな目があった。

「母さま、わかってくれたのですね……」

そう理解した俺は、感謝しながら母狼の大きな顔に下からそっと両手を当てる。

お互いの齟齬《そご》を乗り越え、見つめ合う母と子。感動的だ。

しかしその思いを振り払い、感慨に浸ることをやめる。

母から目をそらし、下を見た。優しい母の目を見続けることができない。

「では、行ってまいります、母さま」

うつむきながら言う俺。

もしかしたら、これが今生《こんじょう》の別れになるかもしれない。

そう思うと、涙で目の前が少しボヤけた。

それを気取られないように立ち上がり、俺はくるりと後ろを向いた。

なに、何もなかったら帰ってくるんだ。

その可能性だって高い。これは万が一を踏まえての行動なんだから。

そう自分に言い聞かせた俺は洞穴の入口に向かい、一歩一歩地面を踏みしめながら歩いていった。

そして洞穴から出て四歩ほど歩いたところで、後ろから突進してきた母狼にドンと押し倒され、首の後ろを噛まれて住処に引きずり戻されたんだ。

……うん、ケダモノ相手では、言葉を使った説得は無理だったよ。


これでは本当に手段がないな。

非力な俺の体では、力で押しのけることは無理だ。

火が使えれば、どうにかなるんだが……。

それは俺が見つけた母狼の唯一の弱点だった。

ネズミを焼いて食べようとしたときに発見したのだ。

すごい勢いで警戒し、後ずさっていた。

俺のアイテムボックス内には火を熾《おこ》すための木の棒や板などがあるのだが、俺がそれでゴリゴリやり出すと母狼が邪魔をするようになっていた。

俺がその行動を取ると、あの変な熱いものができ上がると学習してしまったらしい。

掃除機に飛びかかる犬みたいなものだろう。一度掃除機がイヤなものだと学習すると、毎回吠え猛《たけ》るようになる。

結局そのせいで、ネズミとかも生で食べることになってしまったし……。

アイテムボックスに着火したままの松明《たいまつ》とか入れられれば楽だったのだが、入れると自動で消火されてしまうからな。


その後も俺は、洞穴から何とか抜け出そうといろいろ試みた。

二匹の弟妹狼と一緒に走り、洞穴を出た瞬間にみんながバラけて駆ければ、俺一人にかまっていられず見逃してくれるんじゃないかとやってみた。

弟妹を奮起させ、外に向かって走り出させるまでは成功するのだが、なぜか母狼は俺を最初に捕まえる。

弟妹狼も、何が面白いのか母狼に引きずられている俺に飛びかかりながら一緒に洞穴に戻ってきちゃうし（というか、なんで飛びかかってくるのよ！）。

一番後ろを走っているやつから捕まえていくのかと、弟妹よりも早く走ろうとしても、うちの弟妹は成長が早く足ではとても敵わない。

根気強く続ければ成功するんじゃないかと三回試しても全部ダメ。

結局、まだ体ができていない俺は、疲労困憊《こんぱい》の果てに洞窟の真ん中でへたり込んでしまう。

そしていつの間にか、眠りに落ちてしまっていた。


何かが地面にぶつかる、どさりという大きな音で目が覚める。

俺の肩に頭を乗せて眠っていた二匹の弟妹狼たちもその音に目覚め、首を上げて音のした方向を見つめた。

洞穴の入口あたりだろうか。俺たちが今いるのは、入口からしばらく奥へ進んだところに広がる少し開けた場所だ。ここは寝たり食べたりする俺たちの生活スペースである。

まず母狼が、入口に向かって歩いていった。

音を立てたそれは壁の陰にまぎれているためか、夜目《やめ》の利くゴブリンの俺にもここからでは何があるのかよくわからない。

だが心配することはなさそうだ。母狼は警戒しておらず、嬉しそうにそちらに向かっている。

普段はあまり尻尾を振らない母だが、今はちょっと揺れていた。

あれは父ゴブリンとしばらくぶりに再会するときの感情表現だ。

予想通り、入口から父ゴブリンがよろよろとまろび出てくるのが俺にも見えた。

走って迎えに出る弟妹狼に少し遅れ、俺も父のほうへと歩いていく。

そのとき、俺の鼻はかすかな鉄の臭いを捉えた。

血の臭いだ。

ゴブリンの血は色こそ青いが、その臭いは前世の人間のものと同じだった。

父をよく見る。左腕のあたりに布が巻きつけられ、そこが青黒く染まっていた。

一方で、ズボンには赤黒い血が付いている。人間の血を浴びたのかもしれない。

この世界の人間の血が赤いかどうかは確証がないのだが。

「父さま、怪我をされたのですか？」

「おお、グオーギガ。やつら強くてな。半分以上がやられてしまった」

父をはじめとするゴブリンの精鋭たちは今夜、人間の村を襲った。その半分以上が殺されたのか……？

村の中に強い人間がいたのか、それとも警備の傭兵や冒険者を雇っていたのか。

あるいはそもそも父の認識が間違っていて、この世界の人間が前世の人間と比べて強いという可能性もある。

これは……もうすぐここにやって来るな。

俺だったら、近くに殺戮や強奪をしそうな犯罪集団の巣があると知ったらおちおち眠ってなどいられない。

可能であれば殲滅《せんめつ》したいと考えるはずだ。

さらに今回こうしてゴブリンたちを撃退できたというなら、人間側も自分たちの武力で脅威を排除できると判断するに違いない。

「父さま、人間たちが仕返しに来るのでは？」

「……わからんな。逃げ切ったとは思うが」

もし向こうに狩人とかがいたら、こんな場所簡単に見つけられるんじゃないかと俺は思う。

脳筋なゴブリンに、隠し通すことなどできるだろうか。

逃げるように言うべきだろうか。

……父は他のゴブリンに比べればまだ知恵や知識がある。

わかってくれるかもしれない。

俺は、思い切って言ってみることにした。

「……ここは危険だと思います。逃げませんか？」

父はしばらく考え込んで、言った。

「私を育ててくれた人間も、騎士や神官に追われるようなことがあったら、とにかくみんな散らばって、そこから遠くへ逃げろと言っていた」

……え、この父親、人間に育てられたのか。いろいろ話を聞いていたわりにこれは初耳だった。

そう言えば、ゴブリンたちが使わない謎の言語を父から教わったこともあったが、あれは人間たちの言葉なんだろうか？

そんなことを考えている俺をよそに、父は話を続ける。

「あの姿格好は、私を育ててくれた彼らを殺した者たちによく似ていた。だから私も散らばって逃げるように提案したんだが」

父は首を振って言う。

「族長は戦うつもりだ」

そして父は、寄り添う母狼を見る。

「他の事情もあって、今回は巣の守りにたくさんの狼を残した。他のゴブリンたちは、狼たちさえいれば勝てると考えている。たとえ族長の考えが変わっても、彼らは言うことを聞かないだろう」

父は俺を見て言った。

「グオーギガ、お前はとても賢い。ときどき私を育ててくれた人間のようだと思うことがある。お前がそう言うのなら、やはり、それは正しいのだろう」

父は自分の足元に縋《すが》るように体をこすり付けている弟妹狼を見る。

「族長にもう一度、子供たちだけでも隠すよう、提言してみよう」

そう言って、彼は子狼を抱き上げ、撫でた。

口を開けて上下の牙を見せてから口角を上げる、ゴブリン特有の笑顔で。

第二章　ゴブリンに転生したけど、やられ役にはならねーよ？

夜が明け始めた。

だが生い茂る木々にさえぎられ、森の中はまだあまり明るくない。

俺はそんな森を歩いていた。

足元では、二匹の弟妹狼たちがチョロチョロとしている。

周りには、八体ほどの子ゴブリンたち。俺は以前の虫採りのときのように、子ゴブリンたちに守られるように集団の真ん中に入れられていた。

父がゴブリンの族長の説得には成功したのだが、結局、護衛の大人ゴブリンがつくことはなかった。

いつも、それなりに危険な森に子供だけで行かせているので、その延長線上で、こんな決定になったのかもしれない。

今、俺たちは子供たちだけで隠れられる場所を探していた。

リーダー格の子ゴブリンも含め、何体かは俺と同じように狼から生まれた子もいる。だが、その兄妹狼たちは来ていなかった。母狼が自分の子狼を放そうとしなかったり、子ゴブリンに付いていくのを拒んだ兄妹狼たちがいたようだ。

兄弟ゴブリンに殺される狼の子も多いしな。

俺の家では父が母狼に命令を下したため、弟妹狼たちを連れて出ることができた。

しかも普段から俺が母狼のリバース肉や父の採ってきた虫を、弟妹狼たちにこっそりと食べさせてやっていたこともあって、俺になついているのだと思う。

動物に効果があるのかはわからないが、贈り物チートが効いた可能性もあった。


そんなこんなで二時間ほど歩き続けたときだっただろうか。

完全に夜も明け、森にも日の光が満ち始めていた。

干上がった小川を横断していた俺たちの後方で、突然、爆音が響いた。

俺たちの集落のほうからだ。

続いて、人間たちの雄叫《おたけ》びのような声が微かに聞こえてくる。

……やはり襲撃に来たか。

ゴブリンは夜目が利くため、人間たちは自分たちが不利にならないよう夜明けを狙ったのだろう。

鼻をヒクヒクさせて、そちらを見る弟妹狼たち。

子ゴブリンたちも集落のほうを振り返り、小さな声で何か話し合っている。

「行クゾ」

俺の横に立つリーダー格が、先を急ぐよう促した。

そのときだった。

『粘着糸散布《ねんちゃくいと》！』

そんな声が聞こえ、俺の手足や体に何かが絡みついた。

あまりの勢いに、思わず転げそうになる。

なんだ？　と思って体を見ると、白い糸状の何かがべったりとついていた。

さっきのは、かつて父が教えてくれたゴブリンが使わない言葉だ。

声のしたほうを見ると、全身を黒ずくめの装備に身を包んだ人間の姿があった。

茶色の髪に白い肌の痩せた男。

装備こそ違うものの、以前見た土砂に埋まった冒険者の死体と同じ姿だった。父がガーラガ（人間）だと教えてくれたものだ。

男は輝く指輪を右手の指にはめ、その手をグーの形にしてこちらに向けていた。

やがてその指輪の輝きが、徐々に薄れ、消えていく。

『キャッホー！　大量だぜ！』

男が言った。

俺に巻きついているのと同じ白い糸状の何かが、周りの子ゴブリンの体にも巻きついている。

あの勢いに押されたのだろうか、二体が地面に倒れていた。

粘着糸か……。

俺は試しに手足を動かそうとしてみたが、白い糸が体全体に絡まっていてうまく動けない。

魔法か何かなのだろう。そういうものがあるとは父からも聞いていた。

周りの子ゴブリンたちの様子を窺う。ちょっとの間に、地面に倒れてもがく者が増えていた。

何故だろう？

しばらく見ていると、まだ立っている一体が糸を切ろうともがき、そのままバランスを崩して転がった。あの子たちはみんな、糸から逃れようと体を動かし、けれどうまく動けず、そのままバランスを崩して転倒してしまったのか……。

まだ立っているのはリーダー格ともう二体、そして俺と弟妹狼二匹だけだ。

リーダー格はもがきまくっているが、転がらない。運動能力が高いのかもしれない。

『あんまり可愛くないが、そんなに嬉しいのか……？』

指輪をした男の後方から、背の低い小太りな男が現れ、指輪の男に言う。

背が低いといっても、大人のゴブリンよりやや大きいぐらいだ。

小太りの男はスキンヘッドで、手には棍棒《こんぼう》を持っていた。

『それでもゴブリンの子供を殺せるんだ！　こんな機会、滅多にねーよ！』

指輪の男が、小太りの男に反論する。

小太りの男は首を振りながら言う。

『そうか……。だが、これは神官さまから頂いた神のための仕事だ。大人たちと違い、犯罪者を探知する魔法に引っかからないこの汚らしい子ゴブリンたちを殺す必要がある。楽しんでもいいが……』

『ハイハイ、きちんと処分しますよ！』

指輪の男は小太りの男の説教をさえぎると、ニヤニヤしながら腰の短めの剣（ショートソードだろうか）を抜いた。

そして俺の前方で立ちもがいている子ゴブリンに近付いていく。

――一閃。

子ゴブリンの首から青い鮮血が噴き上がり、やがて力なく地面に崩れ落ちた。

男は血を浴びながら笑い声を上げる。

興奮のあまりぶつぶつと独り言を――尾《つ》けている間、我慢していた甲斐があったぜとか何とか――こぼしていた。

……不思議だ。

斬られた子ゴブリンの首にも、この白い糸は確かに付いていた。

なのに、粘着糸が男の剣を阻害したようには見えなかった。

男の剣の腕が良いからなのか、それともこの糸が男の魔法によるものだから干渉しなかったのか。

良く見れば、指輪の男は地面に飛散した糸も踏んでいる。だが、動きにくそうな気配はない。

糸はありえない粘着力で体を接着させるのに……。魔法を唱えた術者には影響しないものなのか。

……それにしても、このまま立っていては目立ちすぎて標的にされそうだ。

とはいえ遅かれ早かれ斬られることにはなりそうだが。

横のリーダー格のもがき方が大きくなっている。

多分、斬られたゴブリンを見たからだ。

俺と一緒で、一刻も早く、ここから逃げたいのだと思う。

何とかして抜け出せないものか。

どうしたものかと思案していたら、ふと閃《ひらめ》く。

もしかしたらこの糸、俺のアイテムボックスに入れられるんじゃないかと。

格納するには体が対象アイテムに触れてなければいけないが、幸いその条件は満たしている。

ものは試しと、俺は左手に絡まった糸に集中する。すると糸が消え、左手の動きが自由になった。

そして日本語の情報が流れ込む。


【魔法の粘着糸】

魔法により作られた粘着性の糸。時間経過で消える（残り：2分28秒）。

火に弱く、よく燃える。

アイテムボックスに物を入れることで、アイテムの情報が得られるのだ。

残り二分二十八秒。実は父の教えてくれた知識の中に「分」や「秒」の概念があった。六十秒が一分だったりなどは自分の前世の知識と変わらなかったので、すんなり理解できた。

俺は手足と胴体に順に集中しながら、体に巻きついた糸を少しずつアイテムボックスに収納していった。

いきなり全部の糸が消えたら目立つから、ちょっとずつだ。

『端から殺《や》るんだ』

小太りの男はそう言って、俺から見て一番左端でもがくゴブリンに向かい、一歩一歩ゆっくりと、粘着糸を避けながら歩いていく。

指輪の男は小太りの男を振り返り、へーい、と気の抜けたような返事をしている。

今かな……。

気付いてくれるなよ、と祈りながら俺は体を動かし、右横に立つリーダー格のところに動いた。

リーダー格についた粘着糸に触れ、すべてを収納する。

人間と追いかけっこをして勝てる自信はない。だが、他の子ゴブリン数体と散らばって逃げれば、人間たちもどれを追いかけるかで迷うことだろう。

次は二匹の弟妹狼だ。その後は近場の救える奴を救って逃げよう……！

しかし、そんな俺の目論見《もくろみ》は、はかなく崩れることになる。

俺が転んだふりをしながら弟妹狼に触れた直後のことだった。

リーダー格が咆哮《ほうこう》を上げ、棍棒を振り上げていた小太りの男に飛びかかったのだ。

自由になった弟妹狼がその声に驚き、地面の糸を踏んでまた動きを止められていた。

小太りの男と格闘状態になっているリーダー格は、地面の糸を踏まないように走って飛びかかったらしい。

ていうか、お前、なんで飛びかかったー!

†

リーダー格の子ゴブリンと小太りの男がもみ合っている。

他の子ゴブリンを助けてみんなでバラバラに逃げれば、何人かは助かったかもしれないのに……。

そう思いながらも、俺は脳みそをフル回転させる。

い、いや逆に考えろ。これはチャンスだ。

リーダー格が敵の視線を引き付けてくれているんだ。

逃げるには好都合じゃないか!

その考えに至った俺は、自分のやるべき作業を再開する。

まず転んだふりをした際に再び自分の体に付いてしまった糸を収納。

次に二匹の弟妹狼の元に這いずって近付き、その足に付着した糸も収納する。

この魔法の糸、糸の下が砂利にもかかわらず、踏むと足が地面に接着して動かせなくなってしまう。

『お前ーっ！』

ゴソゴソ動いていると、指輪の男のそんな吠え声が聞こえた。

リーダー格に言っているんだろうとチラッと確認すると、指輪の男とバッチリ目が合った。

……どうやら、俺に言っていたらしい。

こっちに走ってくる男。

弟妹狼を助けるために屈《かが》んでいた俺は、すぐさま地面を掴んで立ち上がった。

青い血が付着したショートソードを左手に握る男が、すぐそこまで迫ってきている。

ゴブリンというのは、戦いにおいて石を投げるといった発想にすら至らず、弓《アーチャー》を使えるってだけでかなりのエリートとして扱われるような種族だ。

だから男は油断していたのだろう。

――俺は手に持っていたものを男に向けて投げた。

男は悲鳴を上げて目をつむる。

どうやら、うまくいった。

地面から立ち上がる寸前に、干上がった川の底砂《そこずな》を握っていたのだ。

しかし思い通りにいったとホッとしたのは油断だった。

指輪の男が、目を閉じたまま体当たりをかましてきたのだ。

体全体に衝撃が走り、男の体もろとも後ろに押し倒される。

右肩に痛み。見ると、ショートソードが刺さっていた。

しかも男は空いた方の手でなおも俺を掴んでいる。

か、格闘では勝てないぞ。体が小さすぎる。

どうするか……。そこで、俺は閃く。

試したことはないが……。

収納！

俺の右肩に刺さった、指輪の男が握ったままのショートソードをアイテムボックスに格納しようと試みる。


【ショートソード（品質：良）】

鋼鉄《こうてつ》製のショートソード。

無名だが熟練の鍛冶《かじ》職人による作。

情報が流れてくる。うまくいった。ただ、ゲームと違って攻撃力などは表示されないようだが。

収納！　収納！

俺は必死になって、やたらめったら相手の装備を奪おうと挑みかかった。

岩のように大きかったり重すぎたりするものは入らないが、革の鎧程度なら余裕だ。

丸裸にしてやるぜ！

なんて調子に乗ってみたのだが、うまく集中できなかったのか革鎧しか奪い取れなかった。

だが、これで十分だ。奪ったショートソードでぶっ刺してやる！

俺はさらに体に付いた粘着糸を収納し、自由に動ける範囲を広げる。

しかし砂で目が開かないままの男も危機を察知したのか、剣を探るような動きをやめ、素手で俺を殺しにかかってくる。

首を絞めにきたのだ。

掴まれる首。

苦しくて、息ができない。

男の指を引き剥がそうとするが、力の差があるせいか、まったく剥がせない。

視界が狭まり、辺りの音が少しずつ遠のいていく。視界もだんだんと暗くなっていった。

……これは、ヤバイ。落ちる。

そう思ったときだった。突然、男が悲鳴を上げ、俺の首を放した。

激しく咳込み、ドクドクと脈打つ心臓の鼓動を感じながら指輪の男を見ると、男の手と喉《のど》に二匹の弟妹狼が噛み付き、ぶら下がっていた。

成長の早い弟妹狼たちはすでに顎も強く、牙だってある程度生えそろっていた。殺すまでに至るかはわからないが、激しい痛みを与えることはできただろう。

指輪の男は悲鳴を上げながら地面の上を転がり回っている。おそらく弟妹たちを押し潰そうという魂胆だろう。

だが、これはチャンスだ。

俺はアイテムボックスからショートソードを取り出すと、右手に構えた。

そしてしわがれた声で雄叫びを上げ、転げまわる男に剣を突き出す。

ズブリと剣が肉を刺し貫く、慣れない感覚。革鎧を奪っていたので、刃は簡単に男の肉体に食い込んだ。

返り血が顔にかかるのも気にせず、何度も何度も剣を抜いては刺す。

時には抉《えぐ》るように腹の中をかき回し、内臓を壊すよう心がけた。

しばらくし、指輪の男が動かなくなる。

俺はすぐさま弟妹狼たちの安否を確認した。

妹狼の方は指輪の男の喉にいまだ噛み付いており、その頭を小刻みに振っていた。

喉の肉を食い千切ろうとしているのか。

弟狼の方は、男が暴れたときに吹き飛ばされたのか、地面の粘着糸に引っかかっていた。

そこから逃れようと暴れている。

弟妹が無事なことにホッとした俺は、そこで、もう一人のことを思い出した。

小太りの男だ。

はっとして彼のほうを振り返ると、彼に飛びかかったリーダー格やその他のゴブリンと同様に、地面の粘着糸に絡めとられた男の姿があった。

あの状態だったから、こっちに来られなかったのか……。

リーダー格との格闘の末にああなったんだろう。お互い近い位置にいるが、手出しはできない体勢だ。これはラッキーだった。

小太りの男の下半身は糸で地面に接着されているが、上半身は自由らしい。さっきまで持っていた棍棒も地面の粘着糸の上に落ちていた。

黙って、こちらをにらんでいる。

万が一捕まってしまったら、非力な俺では殺されてしまうかもしれない。

粘着糸の効果時間も、残り一分もないだろう。

少し考えた俺は、地面の糸を踏まないように注意しながら、死に絶えた指輪の男に近付く。

念のため、離れた位置からもう一度ショートソードで刺し、息がないのを確認した後、男の手元に屈みこんだ。

そして男がしている指輪に触れ、それをアイテムボックスに収納する。


【魔法の指輪】

キーワードを唱えることで「粘着糸散布」の魔法が発動する（残り使用回数：2）。

キーワードは『粘着糸散布』。


再びアイテムボックスから指輪を取り出すと、宝石の部分を小太りの男に向けた。

小太りの男がそれを見つめ、首を振って呟きを漏らしていたが遠くて聞こえない。

体を右にひねったりして何かをしようとしているが、遠めからでも下半身が接着されているのがわかる。

あの鎧は脱ぎにくそうだし、いまさら抜け出せないだろう。

日本語に訳すと長いが、この世界の言葉なら一瞬だ——俺はキーワードを人間の言葉で唱えた。

『粘着糸散布！』

指輪に嵌《は》まった透明な宝石が輝き、そこから大量の糸が噴き出した。

小太りの男とリーダー格を含む近くのゴブリンが、新たな白い粘着糸に包まれる。

糸の散布範囲が広く、ゴブリンたちも巻き込んでしまった。

まあ、ぶつかったときの衝撃こそあるが、痛いだけだし良しとしよう。

それにしても地面が粘着糸だらけだ。足の踏み場がない。

術者、つまり俺が今放出した糸だけを選んで踏んでいけばいいのだが、もはやどれが俺の糸なのかわからない。

とはいえ接近してショートソードを刺すのは怖いし、もともと近付くつもりはなかったのでかまわないのだが。

俺はアイテムボックスに大量の石を入れていた。そこから拳大《こぶし》ぐらいの石を一つ取り出す。

今や全身糸だらけで顔の右半分しか窺えない小太りの男が、俺の手元にある石を見てひるんだような表情をした。

邪魔なショートソードはアイテムボックスに収納。

刺された肩からはまだ出血していたが、痛みはないので問題ない。

『ま、待て……！』

そう言って慌てる男に向かい、俺は石を投擲《とうてき》する。

が、男は咄嗟《とっさ》に右手を動かし、自分の頭をかばった。

……左半身は完全に糸に縛られていたが、右手は自由なままだったらしい。

全身の動きを封じていたと思っていた……近付かなくて良かったよ！

ちょっとどきっとしながらも、立て続けに石を取り出しては投げていく。

一個、変な方向に飛んでリーダー格に当たってしまったが、今はそれよりも男を殺すのが先だろう。

粘着糸には、三分という時間制限がある。

しばらく投げていると、クリーンヒットが何発か出た。やがて力が抜けたように男が動かなくなる。

右から回り込むように少しずつ近付いていき、念のためさらに何回か石を投げる。

途中で指輪の男の粘着糸を踏んでしまったら、即座にその糸を収納し、再び自由を取り戻しては石をまた投げつけた。男の一番近くにいるリーダー格にも何発か当たるが無視。それを慎重に繰り返していく。

そしてようやくショートソードがギリギリ届く位置までたどり着いた。

まず軽く刺してみて男が動かないことを確認した俺は、最後に男の脇に立ち、その首めがけてショートソードを振り下ろす。

石投げはリーダー格に何発か当たってしまったが、他のゴブリンには当たっていない。

ナイスコントロールと言って良いのではないだろうか。

†

指輪の男に刺された右肩は、血こそ流れているが痛みはない。

指先まで問題なく動くので、そんなひどい怪我ではないと思うが……。

ちょっと不安に思いながらも、まずはリーダー格に付いた粘着糸をアイテムボックスに収納し、彼を自由にしてあげた。

ショートソードは贈り物ということで、リーダー格に渡すことにする。

「使ってくれ」

結局、彼には四発ぐらい石を当ててしまったからな。

贈り物作戦で好感度を上げる算段だ。

血にまみれているし、刃こぼれも起こしているが、先端が折れた錆びた剣を喜んでいたぐらいだから、これも喜ぶだろうと。

渡されたショートソードを眺め、なにやら考え込むリーダー格を尻目に、俺は小太りの男が持っていた棍棒を拾い上げようと、棍棒に付着していた粘着糸をアイテムボックスに収納した。

護身用に、これぐらいは持っておくかな……。

俺には少し重い棍棒を両手で持ち上げながらそんなことを考えていると、リーダー格が話しかけてきた。

「イヤ、コレ、オ前ノ」

そう言ってショートソードをこちらに差し出してくる。

うん？　少し小さいから、気に入らなかったのか？

贈り物をつき返されてしまった。

……これって好感度が下がってるんじゃねーだろうな。

ゲームでは受け取り拒否なんてなかったぞ。

重要NPCにうっかり嫌いなものなどをあげてしまうと、好感度が下がることこそあったが受け取らないということはなかった。

疫病《えきびょう》イベントで手に入る使用済みティッシュでさえ渡せたのだ。

どうしようか。

ちょっとあせった俺は、手元の棍棒の重さに気付く。

「じゃあこっちはどう？　重いから、力の強い君にはもってこいの武器なんじゃないかな？」

俺は小太りの男の棍棒を、リーダー格に差し出した。

それを見つめ、何かを考え込みながらリーダー格は言う。

「オレ、チカラ、強イ」

彼は、おそるおそるという感じでその棍棒を受け取る。

「オレノ、武器」

そして、じっと棍棒を見ていた。

彼が何を考えているのかはわからないが、俺はさっさと他の子ゴブリンの救出を急ぐ。

もうすぐ指輪の男が出した糸が消えてしまう。その前に仲間のゴブリンを助け、恩を売るのだ！

彼らは脳筋なうえに、しかも子ゴブリンだ。とはいえ、数は力になる可能性がある。少なくとも何かに襲われたとき、彼らが自らの力もわきまえず突撃している隙に、弟妹狼を抱えて逃げることぐらいはできるだろう。

俺は、「大丈夫だった？」と声をかけながら、彼らを解放していった。

この場合、贈り物ではないので好感度が確実に上がるわけではないだろう。そこは残念で仕方ない。

まあ、もっとも、贈り物チート設定が本当に機能しているかどうかの確証だってないんだ。彼らの反応や他のゲームの能力があることから、多分あるだろうと思っているだけだし。

一応、ゴブリンたちにも「恩」という概念はあるようなので、それに期待するばかりだ。

その後、弟妹狼を粘着糸から助け出すと、俺は人間の男の服を裂いて自分の怪我を縛った。

ついでに男達の持ち物も調べる。

血だらけの服などはどうせ使えないだろうから、置いていくことにする。父から聞いたことのある回復薬なんかも持っていないようだ。

だが、この服は腰巻の代わりになりそうだな……。大きめのナイフも二本ある。さらに近くの茂みには袋が落ちていた。中を見ると……調理器具もどきや携帯食料か。これはラッキーだ。

そんな風に喜んでいたら、リーダー格が問いかけてくる。

「グオーギガ、もうイイ？」

俺の作業が終わるのを待っていたのだろうか。俺は彼にうなずく。

そうして子ゴブリンたちの避難がようやく再開された。


子ゴブリンたちは警戒しつつも森の中をひたすら進む。

仮に誰かに付け狙われていたとして、果たして気付くことができるか。

指輪の男は、俺たちを尾《つ》けていたといったようなことを話していた。

この瞬間尾行されていなかったとしても、足跡を発見されればハンターみたいなのがたどってくる可能性もある。

こいつらと別れて俺と弟妹狼たちで行動するのと、みんなで一緒に行動するのと、どちらが安全か。

少しずつ右肩の痛みもひどくなってきているし、頭もボーっとしてきた。この状態で一人になるのはきついか。

最初はほとんど平気だったのに、なんで今さら痛むようになってきたのだろう。大きな怪我の直後だと、最初は痛みがないというが、それほどの怪我なのだろうか。

俺はそんなことを心配したり迷ったりしながら歩いていた。

ガサガサと俺たちの目の前の茂みが音を立てたのは、そんなときだった。

皆がびくりとして、そこに注目する。

俺の横のリーダー格が、棍棒を構えた。

俺は茂みに注意しながら辺りにも気を配り、いつでも逃げられるよう体を低くする。

そして茂みから出てきたのは――。

「母サン……？」

リーダー格の母親狼だった。

誰かが追って来るなら後方からだろうと思っていたが、まさか前から現れるとは予想外だ。

リーダー格の母狼は片耳が千切れ、そこから血が出ていた。

出血自体は、もう止まっているようだ。

耳の周辺の毛ごと血で固まっていて、見ていて痛々しい。

さらに彼女の後ろから、二匹の大人狼と一匹の子狼も現れた。

彼らも体に傷を負っていたが、命に別状はないようだ。

俺はふと自分の母狼のことを思い出す。

――母さんは、どうなったんだろうな。後から他の狼やゴブリンたちとともに来てくれればいいんだが……。

だが、この状況で大人の狼と会えたのは心強かった。彼らがいれば、それなりの相手とでも戦えるはずだ。

もっと増えてくれればいいのに。

そんな俺の思いもむなしく、三匹の大人狼のうちの一匹とその子供狼一匹が、俺たちから離れてどこかに行ってしまう。

どうやらその母狼は、指輪の男に最初に殺されたゴブリンの親だったらしい。

ここに自分の子ゴブリンの姿がない以上、子狼まで殺される危険があるこの群れの中で行動するわけにもいかんのだろう。


こうして大人の狼二匹、俺の弟妹狼二匹、子ゴブリン七体——俺を入れて八体——の集団は、再び森を進み始めた。

先頭を行くのは、リーダー格の母狼だ。ペースが速い——。

前をトコトコと走り、後ろを振り向いてはリーダー格が付いてきているか確認する。

リーダー格は彼女にずいぶんとなついているようで、姿を見失わないよう必死に後を追った。

他の子ゴブリンたちも、リーダー格に付いていくことを選んだようだ。

俺も他の子供たちと同じく、リーダー格に付いて歩いた。弟妹狼を抱えながら川の中を進まされたり、面倒なので川岸を歩こうとしたら大人の狼に噛まれて川の中に追い立てられたり……。途中、食べられる果実が生《な》っているのを見つけ、痛む右肩を庇《かば》いながら慣れない左手で採取していたら、二十個目ぐらい採ったところで早く歩けとばかりに噛まれたりもした。

なんで俺ばっかり噛まれる……。

不公平だ。

体が小さいので、与《くみ》し易い相手と見られているのか。

狼に急《せ》き立てられ、歩き疲れ、体力の尽きかけたボーっとした頭では、そんなことぐらいしか考えられなかった。

大体、負傷した右肩もわずか二、三日で痛みが治まり、かさぶたさえない状態にまで回復したのである。一人で行動すればよかったと思うことしきりだ。

ちなみに、治癒力については他のゴブリンも似た感じだ。種族の特性みたいなものなのだろう。

ゲーム内でも寝て起きたら完全回復という設定だったので、こういった怪我もゆっくり眠れば一日で治癒していたかもしれない。だが、少し休んだと思ったらすぐさま二匹の大人の狼が進めと追い立ててきたのでどうだったかはわからない。

リーダー格の母狼も、川を進んだおかげで千切れた耳の血がキレイに洗われていた。完全に血も止まっているようだ。ゴブリンだけでなくこの世界の生き物全般、生命力が強いのかもしれない。

道中で虫を見つけては食べさせたり、俺だけ果実を採ろうと集団から少し抜け出しては大人狼に連れ戻されたり……そんな風にして六日ほど、昼夜を問わず歩いたころだったろうか。

突然目の前に変なものが現れた。

前世で見たことのある丸太作りの家、かっこよく言えばログハウスだ。

空腹と、何より眠気で半分ゾンビのような状態で歩いていた俺は、一瞬で警戒心を取り戻す。

人間か、あるいは家を建てられるだけの知能を備えた種族が近くにいるかもしれない。

まあ、家自体は背の高い草で覆われ、一部屋根が崩れ落ちたりしているので、今は使われていない可能性のほうが高いようだが。

……むしろ、何か使えるものがあるかもしれないな。

思い立ったら即行動、俺はその廃屋に向かおうとした。

しかしそのとき、群れの一番後ろを歩いていた狼に、首根っこをカプっと噛まれる。

あれ？　と思うヒマもなく、ずるずると子ゴブリンたちの元へ引き戻された。

どうやら先頭を行くリーダー格の母狼は、あの家を迂回《うかい》する道を選んだらしい。

他の子ゴブリンたちはそれに付いていったようだが、俺はぜんぜん気が付かなかった。

くそー。この群れ抜け出して、絶対あそこに行ってやるー！

だが、そんな俺の決意もむなしく、一、二時間ほどで先導する狼の足が止まる。

決行する前に、どうやら目的地に着いてしまったみたいだ。

高くそびえる崖だった。そしてふもとに穴がひとつ。洞窟か？

「ココハ……」

リーダー格のゴブリンが何か呟いた。俺は知っているのかと問いかけるような視線を向ける。

「父ガ、昔、イッテイタ。集落ノ場所ヲ、変エタ、コトガ、アルト」

あー、そう言えば俺も父親から、そんな話を聞いたことがあるな。

昔住んでいた場所は狼たちが嫌ったらしく、今の場所へ引越したという話だった。

俺の生まれるほんの少し前まで、一つの大きな洞窟にゴブリン皆で暮らしていたと言っていたが、
それがここなのか？

ちらっと、リーダー格の母狼と、もう一匹の狼を見るが、特にここを嫌っている様子はない。

もしこの場所がそうだったとしても、かつて狼が嫌がっていた何かが今はもうなくなっていると
いうことなのかもしれない。

リーダー格が母親とともに、おそるおそる洞窟の中に入っていく。

凶暴な野生動物かモンスターでも棲み着いているんじゃないかと、俺は洞窟の外で逃げる準備を
しながら、彼らが死地に赴くのをこわごわ見守った。

大丈夫だリーダー格、俺が応援しているぞ！　危険があったら、真っ先に逃げるけどな！

第三章　ゴブリンに転生したので、畑を作ることにした

洞窟の中の大きな一部屋。

リーダー格の母狼が案内してくれた新たな住処だ。

そこでゴブリンの子供たちが雑魚寝《ざこね》していた。

ゴブリンたちのほか、俺に引っ付いて眠っている弟妹狼の寝息が聞こえてくる。

その部屋の真ん中で俺は腕組みをし、あぐらをかきながら考えていた。

これから、どうすべきかと。

感情を抜きに考えた場合、この子ゴブリンの群れからは離れないほうがいいと思う。

二匹の大人狼がいる。ある程度の安全は、彼女たちが提供してくれるはずだ。

問題は、あの小太りの人間が言っていたことだ。

俺たち子ゴブリンを見て、「大人たちと違い、犯罪者を探知する魔法に引っかからないこの汚らしい子ゴブリンたち」と言っていた。

父親を育てた人間は、父に「騎士や神官に追われるようなことがあったら、とにかくみんな散ら

ばって、そこから遠くへ逃げろ」と言ったと聞いている。

父が言われた言葉は、小太りが言っていた探知魔法を回避するための方法なのだろうか？

できればその魔法に引っかからない生き方をしたいが、指輪の男と小太りの男を殺してしまった。

このことが、どう出るかわからない。

ゴブリンの中で安全に暮らせるなら、そのほうがいいだろう。

無実な子ゴブリンを殺そうとしていたぐらいだし、人間の近くに行くのは危ないと思う。

そう決めた俺は、横になった。

二匹の大人の狼たちがしばらくここに定住するつもりなら、明日からまだ試せていない自分の能力の実験をしよう……そんなことを考えながら。

俺が動いたことで目が覚めたのか、弟妹たちが身じろぎし、頭を俺のおなかに乗せてきた。

毛皮の感触が、母狼に引っ付いて眠っていたころを思い起こさせる。

弟妹たちは特に悲しがっている様子はないのに、俺は母狼がいないことを寂しがっている。

それをちょっと情けなく思いながらも、俺は眠りについた。


翌日。

狼たちが居場所を移動させる様子はなかった。

俺は洞窟の外に立ち、草の生える地面を眺めている。

広場のようになった場所だ。

近くでは一匹のメス狼が、こちらを見ていた。

もともと子供のいなかったメスの狼だが、狼は群れで子育てをする動物だったはずだ。

俺の足元の弟妹狼を見てくれているのだろう。

この弟妹狼たちは何故か俺の近くから離れようとしない。

まだ子供なのでチョロチョロと動き回る。

どこかに行かないよう見てくれていると、俺も安心できた。

俺は弟妹狼を抱えたり引きずったりしながら、メス狼のところへ連れて行く。作業の際、足元にいられると危険だからだ。

あのメス狼も心得たもので、弟妹狼をつついたりして、彼らの注意を引いてくれた。

異様に頭がいい。

俺は元の位置に戻ると、アイテムボックスからシャベルを取り出した。

父の食料集めに同行したとき見つけたものだ。

土砂崩れで埋まっていた冒険者の近くで見つけ、自分用に確保していた。

俺がはまっていたゲームでは土の地面に向かってクワを使うと、畑のタイルを作ることが可能だった。

その能力が今の俺にもあるらしい。クワではないが同じ農具っぽいこのシャベルで何回か地面を掘れば、そこを耕された畑のように変えることができるのだ。前世の記憶によれば農耕で必要なのはクワだったはずだが、シャベルでも大丈夫なようだ……。

ゲームでは、その畑に種を蒔き、野菜などを育てることができた。

肝心なその部分がこの世界ではどうなるかを未だ確認できていないのは、実験のたびに大人のゴブリンがやって来て畑を荒らしてしまうからだ。

柔らかい土が面白いのか、土遊びをしてミミズを発見しては食らい、せっかく蒔いた種を掘り起こす始末。

確かにゲームでも、町の近くに畑を作ると友好度や精神値の低いＮＰＣや流れの旅人が現れ、育った作物を勝手に食ってしまうことがあった。その設定が影響している可能性もある。

そのゲームでは町からある程度離れた場所に畑を作ることがセオリーだった。

野生動物に荒らされる危険はあったが、案山子《かかし》を立てれば回避できたのだ。

さらにシナリオが進めば、人間を追い払う案山子も手に入れられた。

だから俺も、この世界での畑の実験はゴブリン集落から遠く離れた場所でやりたかったのだ。だが、離れようとするたびに母狼に連れ戻されていたため結局できなかった。

今は母狼もいないため、存分に実験できる。まずは新たな住処からすぐそばのこの場所で始め、もしも失敗したならもう少し離れたところで畑を作ってみるつもりだ。

そう考えながら、俺はシャベルを振り上げる。

五回ほどシャベルを地面に突き刺したころだろうか。

掘っていた箇所を中心に、周囲の土がぴかりと光った。

光がおさまったころ、周辺には一メートル四方ぐらいの、よく耕されたフカフカの大地ができていた。

心なしか、土の良い香りがする。探せばミミズとかがたくさんいそうな土だ。

草なども生えていたが、影も形もなくなっている。

立派な畑だ。土が盛り上がったウネもある。

この能力を最初に使ったとき、他のゴブリンに危うくシャベルを奪われそうになった。

俺の一連の作業が見られていたためだ。

父がいなければ間違いなくシャベルを取られていただろう。

見たことも聞いたこともない能力に父親は驚いていたが、畑の有用性については疑問視していた。

ゴブリンたちにとって、食べ物とは森や他の生き物から採ってくるものらしい。

どこにあるかわからない食べ物を探しまわるより、安定供給が可能そうな畑を作るほうが良い気がするのだが、森を熟知していると、別の考えになるのだろうか。

俺は同じ作業を十一回ほど繰り返し、アイテムボックスから山で採れた木の実や果実、そして果実の種などを取り出す。

これらはもともと俺用の食料として保管していた。空腹には常に悩まされていたので、なるべくちょっとずつ食べていたのだが、それにしても意外に余っていた。

いくつかは草から採った実だが、ほとんどは木から採った実や果実だ。

あきらかに果樹園の土とは違うが、不思議パワーで果樹が育っちゃうかもと期待して、木から採った実の種なども畑に植えてみる。

農業や園芸の知識も、植物の知識もないので、適当である。

今度、挿し木にもチャレンジしてみようか……。

実のなる木の枝を一本、ダガーかなんかで切ってきて、畑にぶっ刺すだけだが。

何回かトライすれば、一つぐらい根付いてくれる気がする。

ゲームでは果樹は育てられなかったが、何事も実験だ。

蒔いた種や木の実の上に土をかぶせ終わると、人間たちが持っていた水袋から水をかける。

……よし、こんなもんかな。

できる作業はこのぐらいか？

チートがあるおかげで、えらく土作りがカンタンだった。ちょっと畑が大き過ぎたかと迷うぐらいだ。

ちらっと弟妹狼を見ると、大人のメス狼に遊んでもらい、ずいぶんと楽しそうだ。

この様子なら、俺が離れても騒がないかもしれない。

今なら、この洞窟に来るときに見たログハウス風の廃屋に行けるだろうか。

何かあった場合に備え、弟妹は連れて行きたくない。

あの辺りなら、この洞窟からも十分離れている。

畑を作るのにも良い場所だろう。

あそこに住んでいた者が何か作物を育てていたとしたら、自生する野菜も見つかるかもしれないし。

そう思った俺は、そろそろと弟妹狼に気付かれないように森のほうへ歩いていく。

すると弟妹の面倒を見てくれている大人の狼と目が合う。

弟妹のことをよろしく頼むぜ、とアイコンタクトをし、俺は森の木陰にすっと入った。

保護者は大変だぜ……。

そして歩いて、しばらく。

俺の後ろから、ドン！　という衝撃が襲う。

倒れた俺が見たのは、あの大人の狼の姿だった。

そしてカプっと首の下あたりを噛まれて、ずるずると洞窟の近くに引きずられていった。

あれ、こいつの面倒を見る対象って、俺も入ってたの……？

†

「バハルーア！」

足元に弟妹狼を引き連れている俺は、リーダー格へ声をかける。

「グオーギガか！　ナンダー！」

口の周りを赤い血で染めたリーダー格が声を返した。

何事？　と見てみると、子ゴブリンたちが野ウサギにかぶりつき、その肉を引っ張り合い、奪い合っていた。

鉄の臭いが食欲をそそるが、それよりも気になったのは一緒にいる狼の数だ。

そこには四頭ほどの狼がいた。

後ろを見ると、弟妹狼の面倒を見つつ俺の監視もしているメスの狼が、とことことついてきている。

「……五頭になってる？」

たしか今朝まで大人の狼は二頭だったはずだ。

その疑問に、リーダー格が答えてくれた。

「アァ。逃ゲテ来タラシイ！」

逃げてきた？

増えた狼をよく見ると、彼らは群れにいた仲間の狼だった。

生き残れた狼か。

しかし、よくここがわかったな。

偶然だろうか。

いや、もしかしたら、昔から狼たちがこの場所を使っていたという可能性もある。

狼だけで四、五日狩りに出かけることもあったから、そのときにここに来ていたのかもしれない。

洞窟の奥には綺麗な泉もある。そのわりに野生動物なども棲み着いていなかったみたいだし、定期的に彼らが追い払っていたのかも。

母の安否とかも含め、詳しく話を聞けないのが残念だ。

「グオーギガは、何ノ用ダ？　メシか？」

そう言って、口にくわえていた肉をブチンと手で千切り、俺の口にべちゃんとくっつけてくるバハルーア。

用件を話そうと口を開けたら肉を突っ込まれたので、そのままグチャグチャと噛み、呑み込む。

……うん、うまい。やっぱり哺乳類は最高だな。

「うまいカ？」

「おう！　うまいな！」

バハルーアが口を開けて上下の牙を見せてから口角を上げるゴブリンの笑顔で聞いてきたので、つい俺もその顔で答えてしまう。

そして気付く。ここに来た目的を忘れていたことを。

「ババルーア、実は今、外で食べられる草とかを育てようと思っているんだ。そこで育てているものを食べないよう、仲間の子供たちを説得できないか？」

ゴブリンたちは、ときに葉っぱや根っこも食べる。

うちの集落にはいなかったが、ウサギやクマを母親に持つゴブリンは、そういうのを特に好んで食べると父に聞いていた。

ババルーアは、首をかしげながら言う。

「育テルのか？」

「ああ、育てる！」

「……ワカラナイが、ワカった。仲間に言オウ」

「とりあえず、どこで育てているか、見せるよ！」

俺はそう言い、リーダー格を畑に連れていく。

「ここで作るんだ！」

「フム、確カニ、何カ、生《ハ》エテる」

「そう、生えてるんだよ！　……え？」

いやいやいや、まだ種蒔いて水やったばかりだから、生えてるわけねえよ。

何か別のところを見ているのかと疑問に思いながらも、畑のほうを見た。

……あれ？　生えてる？

木の実や種、合計十五個を土に埋めたが、かわいい葉っぱを一、二枚付けた芽が、チョコンと土から顔を覗かせていた。

「後デ、皆に、言オウ」

疑問符でいっぱいの俺を置いて、リーダー格はそう言い残して去っていった。

もしかしたら、すでに生えていたのを見逃していたのかもしれない。

そう思った俺は、芽に近付く。フカフカとどこか温もりを感じる土に指を突っ込み、芽の根元をまさぐった。

指に硬い手ごたえがあり、俺はそれを柔らかい土ごと掘り出した。

それは、俺が先ほど植えた縦長のクルミのような殻を持つ木の実だった。

そこから双葉が出ている。

……はえーな。もう芽が出たのか。

俺は、その木の実を畑に再度埋め直した。

全部掘り返して確かめたい衝動に駆られるが、それをするとすべて枯れてしまいそうなので自重する。

そんなことを考えていたら、後ろから腰あたりにドンという衝撃が来た。倒れるほどではないが。

なんだ⁉　と思って振り返ると、弟妹狼だった。二匹とも口が赤く染まっている。

どうやらこいつらも、狩りの獲物をもらっていたらしい。お腹がいっぱいになったからか、じゃれつきたいようだ。

……目を離したのは失策だったかもな。

もしこいつらがゴブリンの子供と肉の奪い合いでもすれば、殺されてしまうかもしれないのだ。

他の狼が見ていてくれるかもしれないが、できるだけ目を離さないほうがいいだろう。

そう思いながらも兄妹のボスとして、俺はじゃれてくる弟妹狼に負けじと立ち向かう。

幼いときからのしつけが一番大事なのだ。

ゴブリンの身体能力を舐めるなー！

畑から出て弟妹に飛びかかり、弟妹をゴロゴロゴロゴロー、と転がした。

その動きが近くで見ていた大人の狼を刺激したのだろう。飛び入り参加され、弟妹と一緒にゴロゴロゴロー、と転がされるはめになった。

い、いい年した大人が参加するなんて卑怯だ……。

それにしても俺の行く所に大人の狼がついてくるのはいただけないな。

洞窟から離れた場所にも畑を作りたいのに。

群れの中で唯一の子供狼である、この弟妹から目を離したくないんだろうか。

子ゴブリンの近くだと何かの拍子に子供狼が殺されてしまう恐れがあるし、不安なのはわかるんだが。

大人の狼の監視を振り払うだけなら、火でも熾して脅せばいいのかもしれない。

ただ、そこまでやるのもな。

それで敵に認定されても馬鹿らしい。

人間の男たちが持っていた袋には火打石《ひうちいし》も入っていたから、これまでより簡単に火を熾せるかもしれないが、やんないほうがいいだろう。

むしろ火を熾す必要が生じたら、彼女たちが驚かないように注意しなくてはいけない。

火は重要だ。

俺がアイテムを出し入れするとき、目の前にアイテムボックスの一覧画面が浮かぶ。

その画面表示の飾りや配置は、俺がハマっていたゲームのものと同じだった。

【MP】が足りないために今は使えないのだが、使える技能として魔法も選択できそうだし、同じように畑を作る能力も使えた。おそらく俺は、そのゲームの能力を持ってこの世界に生まれたんじゃないかと考えている。そしてそのゲームでは、キャラクターのレベルアップ以外に、料理を食べることでもステータスを上げられた。

それを再現するためにも、火が欲しいのだ。

火を使わない料理もあったが、虫を切り刻んでアイテムボックスに入れても「虫の刺身」とかにはならず、「切り刻まれた虫」と表示され、料理アイコンは出ない。

そもそも「虫」という素材はゲームには存在しなかったために料理として判定されなかっただけかもしれない。いずれにしてもそれらを検証するためにも、火を使って虫を煮たり焼いたり、いろいろ試してみたい。

狼たちが、あまり火を怖がらないでくれると嬉しいんだけど。

他にもゲームでは、釣りができたりもした。

この釣り能力は、文字通り魚を釣って料理したりといった用途にも使えるのだが、主には泉などで失くした鍵やら何やらを釣り上げるといったイベントで使われていた。

釣り竿はゲーム内では一つのアイテムとして手に入れられたが、この世界でも竿、糸、針を用意すれば再現できるかもしれない。

ゲーム内では風呂場や水たまりでも魚が釣れたので、竿が難しかったら、糸と針がそろった時点で一度試してみる価値はある。

もしかしたら謎の能力で、成功するかもしれない。

ゲームでは、百日以内にラスボスを倒さねばならないという縛りがあったので、俺は栽培も釣りもアイテムを入手したり、イベントを進めるためにしか使っていなかった。

もしゲームの設定がこの世界にある程度反映されているならば、そして時間制限のようなものがないのであれば、かなり役立つ能力になる可能性がある。

ぜひ試してみたい。

†

翌日、ババルーアと俺は、他の子ゴブリンを引きつれ畑に向かっていた。畑の植物を食べないよう、言い聞かせるためだ。

俺の足元には弟妹狼がおり、後ろには二匹の大人の狼がついてきている。

子ゴブリンが一体見つからなかったので、彼には後で別に伝える必要があるだろう。

一体程度なら、そんなに手間ではない。

そして六体のゴブリンは、畑を作った場所に着く。

着いたんだが……。

そこには、昨日まで芽が出たばかりのレベルだった植物が七十センチほどに成長した光景と、その植物の先端をかじっている一体の子ゴブリンの姿があった。

成長が早すぎるぞ……。

そして子ゴブリンよ。探してもいないと思ったら、ここにいたのか。

「フム」

横にいるババルーアが、それを見て何か声を出す。

俺が彼を見ると、こっちを見て軽くうなずいた。

ババルーアは、その植物をかじっている子ゴブリンにゆっくり近付いていく。

気配に気付いたのだろう、植物にかじりついていたゴブリンは彼を見た。

「ババルーア！」

彼は片手を上げて立ち上がると、ババルーアに明るく声をかける。

名を呼ばれ、彼はうなずく。

そして例の棍棒を振り上げると、そいつの顔を横から打ち抜いた。

ゴキっという鈍い音が鳴り、子ゴブリンの顔が真後ろを向いた。

生きたゴブリンは、あんな方向へ顔を向けられない……。

殴られた子ゴブリンが、いやにゆっくりと崩れ落ちていく。

ババルーアは、フン、と鼻から息を吐き出した後、俺たちのほうに向いて言った。

「コノ、フカフカの土の上のモノは、オレとグオーギガのダ。食ウな」

その言葉に、緑の顔を青くし、皆ものすごい勢いでうなずいていた。

俺も一緒になってうなずいてしまうほど、リーダー格には凄みがあったよ……。

言い聞かせるというより、殴り聞かせる、いや、それを超えて殺し聞かせるレベル。

ゴブリン、こえぇよ……。

その後、子供たちを解散させ、リーダー格は「できルだけノ、コトはシタ」と言って去っていった。

俺は頼んだゴブリンを間違ったんじゃないかと思いながら、畑の上に残された子ゴブリンの死体と、その臭いをかぐ弟妹狼を見つめた。

成長した植物の様子を窺ったりして現実逃避しながら、死体をどうしようかと考える。

……やっぱり埋めるべきだろうな。

狼とかが食べて、ゴブリンの肉の味を覚えてもイヤだ。

そう結論付け、畑から離れたところにシャベルを刺し、新しく子ゴブリンの体が入るぐらいの四角い畑を作る。

そしてフカフカになった地面をシャベルでさらに掘っていった。

十分な深さと広さを確保できたら、子供の死体をそこに入れ、上から土をかけた。

この作業で、ほとんど半日が潰れた。

土をアイテムボックスに入れられれば良いのだが、いったん袋とかに移さないと、仕舞うことができない。

そのため時間がかかってしまったのだ。

死体の鼻や口から青い血が出ていて、大や小の汚物も下から流れ出ている。

意識のない体はやけに重たく感じられ、動かすのに苦労した。

それにしても哺乳類のものと違い、ゴブリンの青い血の臭いは好きになれない。

同じ鉄の臭いなのに。

何か別の臭いが混ざっているからだろうか。

シャベルの使いすぎで腕が上がらなくなったころ、ようやく作業が終わった。

そのときには、俺の植えた作物は小さな花のつぼみのようなものを付けていた。

やはり成長が早い。ゲームのときよりも早くなっている気がする。

この植物がすごいのか、ウェブ小説にあった転生特典みたいなものの影響なのか。

死体を埋め始める前は、つぼみなどなかったはずだ。

死んだ子ゴブリンに若葉をかじられた植物も、問題なくつぼみを付け成長していた。

昨日、俺が一度掘り返したものも、少し小さい気はするが同じように育っている。

虫も付いていないようだ。

単に見つけられていないだけか、畑ができたばかりだからか。

もし虫がいた場合、ゲームではなかった設定なのでどう対処したらいいかわからないが。


死体を埋め終え植物の観察を続けていると、洞窟のほうから足音が近付いてきた。

ババルーアだ。

俺に片手を上げながら、しゃべりかけてくる。

「グオーギガ、虫、採ル」

うーんと、虫を食べに森に行こうってことか？

確かに大人の狼が五頭になったとはいえ、彼らだけで六体の子ゴブリンと二頭の子供狼の食料を確保するのはきついだろう。

子ゴブリンが自分たちだけである程度の食料を見つけられるようになれば、狼に万が一のことがあっても安心だ。

虫ならば、俺の能力で比較的簡単に見つかる。

安定供給できそうな、いいチョイスかもしれない。

今から行くとなると、帰りは暗くなってしまうかもしれないが、ゴブリンは夜目が利く。

問題ないだろう。

子ゴブリンたちに、贈り物を渡す機会も見逃せないしな。

あの贈り物チートで好感度が高くなったおかげで、彼らの凶暴さが俺に向かないのだろうと俺は推測していた。

「わかった」

うなずいて、リーダー格に答えた。


森には子ゴブリンみんなで行くみたいだ。

俺を入れて七体だな。

二頭の狼が護衛なのか、一緒に付いてきた。

いつ首根っこを噛まれて引きずり戻されるのかとビクビクしながら歩いていたが、その様子はない。

集団で出て行く場合は、心配しないのだろうか。

足元には弟妹狼もついてきているので、彼らの分の虫も確保したい。

そして俺用の火を通さないで食べられる木の実や果実もだ。

果実はグミの実やラズベリーのような形のもの、小ぶりの梅の実のような形のものなど、一つ一つが小さいものが多いので、数を確保する必要がある。

ゴブリンたちが満足した後、自分の分を集めることにしよう。

何体かの子ゴブリンは、俺と一緒になって果実を採取するので、集団から浮くこともない。

木の実も中身を取り出してからプレゼントすれば面白がってくれるのだ。


子ゴブリンの集団は、狼が通りたがらない道を避けて進んだ。

俺はキョロキョロとしながら、俺にしか見えない「▼」のマークを探す。

探しているものや注目すべきものがどこにあるかを教えてくれる、便利なチートだ。

……ん、見つけた。

「▼」のマークが三つ集まり、まとまっていた。

三つもか……珍しいな。

そう思いながら、俺は群れをそちらに先導する。

そこは暗い場所だった。

持ち運ぶためだろうか、切り株型にされた短い丸太が立ち木の間に大量に転がっている。

それぞれの木がちょうど人間の椅子に最適なぐらいの大きさにまで切られていた。

「▼」マークは、そのうちの加工途中らしい三つの長い丸太の上に出ている。

これは……。

思うところのあった俺は「▼」マークが表示される基準を下げてみた。

今まではゴブリンの好きな例の虫が四匹以上いるところを示す設定にしていたのだが、それを大きな虫が一匹でもいたら現れるよう変更する。

すると、ほとんどの丸太の上に「▼」マークが乱立した。

あの虫は腐り始めたばかりの、まだ硬い木によくいた。

この丸太も使われないままここに打ち捨てられた結果、虫の住処になったのだろうか？

誰かがあの虫を養殖しているとかだと最悪なんだが。

「あそこの大量にある丸太に、いっぱいいる」

とりあえず他のゴブリンには、そう伝える。

警戒さえしていれば、他のゴブリンが襲われている間に逃げられるだろう。

この数なら弟妹狼の分も残るだろうから、がっつく必要もないはずだ。

このぐらいの大きさなら、持って帰れるか……？

子ゴブリンが虫をほじくり出している間、俺は椅子ぐらいの高さの丸太を見ていた。

もしかしたら、椅子よりちょっと大きいかもしれない。

ここにも、あの虫がいくつかの穴を開けていた。

特に丈夫な顎があるわけでもなさそうなのに、どうやって腐り始めの木に穴を開けているのかが不思議だ。

「グオーギガ、お前のダ！」

そんなことを考えていたら、リーダー格が声をかけてきた。

ちょうどいい。

「ありがとう、バハルーア」

両手に持っていた二匹の虫を受け取ると、頭を潰してアイテムボックスから出した葉っぱで包んだ。

前世とは段違いの速度で回復してはいるが、シャベルの使いすぎでまだ少し指が動かしにくい。

ちなみにアイテムボックスを使っても、子ゴブリンは基本、首を傾げてこちらを見るだけだ。

それでもなるべく目の前で使わないようにしていたが、なんかだんだん面倒になってきていた。

今も不思議そうに見ているが、そのうち慣れるだろうし、ガンガン使うことにしよう。

そして俺は、観察していた丸太を指差しながら言った。

「ババルーア、これを今の住処まで運んで行ってもいいかな？」

この丸太なら虫も繁殖するかもしれない。

リーダー格が答える。

「ン？　欲シーのカ？」

「うん。洞窟の近くに置いておけば、わざわざここに来なくても、虫が手に入るかもしれないからね」

「フム。食い放題カ……」

「え、いや。あまり食べすぎると、すぐなくなっちゃうと思うけど」

俺はあせって付け足す。

どうやってこの虫が増えるのかはわからないが、食い尽くさないで何匹か残しておけば増える気がする。

仮に食い尽くしても、どっかからやってきて住みつく可能性もあるのかな……。

俺の返答を聞いているのかいないのか、ババルーアは何も言わず虫採りの順番待ちをしていた一人の子ゴブリンにすたすたと歩み寄り、彼の肩を掴むとこちらに連れてくる。

食べる順番が、いつも最後のほうになる子だ。

ババルーアは、その子に切り株を指差して告げた。

「オイ、オマエ、コレ持て」

言われた子は絶望したような表情を浮かべる。

まだ虫を食えていないんだろう。

というか、周りの切り株をよく見れば、虫の穴がたくさんあることにも気付いたろうに。

なぜか皆、バハルーアが虫を採っていた切り株に集中していた。

「……早ク！」

躊躇していた子ゴブリンが、バハルーアの言葉にビクっとなり、切り株に飛びついた。

うんうんとうなりながら持ち上げるのだが、五秒か六秒で落としてしまう。

一人では持ち続けられないようだ。

彼は俺と同じくらいの体格だからな。バハルーアと違い、そんなに力はないんだろう。

実際どうやるつもりだったか見せたほうが早いな……。

この重さでは、俺のアイテムボックスには入らないからな。

「こうして欲しいんだ」

俺は切り株の上のほうに手をかけ、それを傾けようと力を加える。

単純に斜めに傾ければ転がしていけるはずだ。

タイヤみたいに転がせるならそれでも良い。

この大きさならテコの原理とかを使う必要もなく、片側だけなら持ち上げられるはず……なんだが、意外に重いな。

木の質か、水分が抜けきっていないためか。

筋肉痛で弱った手でしばらくがんばり、どうにか斜めに傾ける。

ついでに虫の穴には、アイテムボックスから取り出した布を詰め込んでいく。襲撃してきた人間の服を切り裂いたものだ。

切り株を斜めに保持しながら布を詰めるのは思ったよりも大変だった。

布を詰める作業は斜めにする前にやるべきだったか……、そんな後悔をしながら穴を塞いでいく。

これで虫が逃げ出しにくくなったはずだ。

そのまま傾けた状態で転がすのだが、想像以上に難しい。

地面がデコボコのうえに、小枝や石も転がっている。

それに木の切り株は完全な正円ではない。アスファルトの上で重いドラム缶を転がすようにはいかないようだ。

いや、ドラム缶を転がすのも習熟が必要と聞いたことがあるから、そもそも素人には、このやり方が向いていない可能性もある……。

他の方法を考えたほうが良いかな。

タイヤを転がすようにするとか、何人かで持ち上げるとか。

ただ、穴が地面にぶつかるような運び方は、せっかく詰めた布も中の虫も、全部飛び出してしまいそうでイヤなのだけれど。

そんなことを考えていたら、さっき切り株を持ち上げようとしたゴブリンが言った。

「ワカッタ」

彼が、俺が斜めに傾けた切り株に手をかける。

コロコロと転がし始めたんだが、転がし方が俺より安定しているぞ……。

「ヨシ、帰るゾ！」

それを見て満足したのか、ババルーアが皆に声をかけた。

どうやら、切り株を持っている子以外は、十分に虫採りができたようだ。

彼だけはショボーンとした顔をしていた。

俺は彼の口に、ババルーアからもらった虫の一匹を、こっそり放り込んでやる。

もう一匹は半分に千切り、足元の弟妹狼たちにあげた。

切り株の彼が俺に向かってギャッギャッと喜びの声をあげる一方、俺は俺で生ゴミを処分できたと満足していた。

途中、木の実や小さな果実なども採り、住処の洞窟まで帰る。

あの小さい子ゴブリンは、器用に切り株を転がしていた。

俺はあれをうまく転がせなかったんだが。

もしかして俺はゴブリンとして、力もなく器用さも低いほうなんだろうか……。

日が暮れてきたころ、俺たちは洞窟までたどり着いた。

早速畑を見ると、植物がさらに花を付けていた。

黄色い花やピンクの花など、全体的に目立たない小さな花が咲いている。

辺りは暗かったが、ゴブリンの目のおかげで色が認識できるのだ。

この花が枯れ落ちたりすれば、いくらか食べられる実も採れるかもしれない。

だが、花が明日にも枯れるとしたら、その短い間では虫などによる受粉は難しい気がする。

大体、夜に花が咲いちゃっているし。前世のハチは、夜には活動しなかった。

実験として、いくつかは人工受粉を試してみたほうが良いか。

人間たちから奪った着火器具の中に、種火を作るのに使うと思われる、茶色い綿みたいな何かがあった。

それで花粉をこすり、別の花に移すのだ。知識がないので適当である。

種を蒔いてからあげていなかった水も、やったほうがいいだろう。

ゲームのときは必要なかったが、水をあげてくれる設定のキャラがいたわけだし。

俺はそんなことを考え、早速水やりや受粉の作業をしつつ、畑を見てまわった。

留守にしている間に、狼や他の動物が畑を荒らすこともなかったようだ。

変な虫も多分付いていない。

野生動物は狼たちがいればなかなか近付けないだろう。

犬とかだと喜んで掘りそうな土ではあるが。

ちょっと心配なのは鳥ぐらいか。

やつらは実をついばみに来そうだ。狼からも簡単に逃げられそうだし。

他に心配なのはゴブリンたちの食事の量。

俺はもともとあまり食べるほうではないが、それでも少しばかりの木の実や果実だけでは腹が減る。慣れているから問題はないが、普通のゴブリンにはキツイかもしれない。

子ゴブリンたちが今のところ食べたものといえば、狼が狩ってきたエサ、それ以外には虫をいくらか。果実や葉っぱなどをかじってる子もいたか。

さすがに、食料をめぐるケンカという名の殺し合いが頻発するってことはないと思うんだが。

……大丈夫だよな？

†

翌朝、畑の作物の花が枯れて、落ちていた。

この世界の植物の特徴が前世と同じならば、これで実がなるだろう。

前世では、果樹の場合、苗木から果物が採れるようになるまで何年かかかっていた。

木の実や木からとった果実の種は、実がなるまで時間がかかるかもしれない。

だが草から採った果実も植えてある。そちらは期待しても良いんじゃないかと思う。

不安なのは、きちんと受粉できているかだ。

人工授粉なんてやったことなかったし、花が夜に咲いていたから、とても心配だ。

畑の観察を終え水をまいた俺は、弟妹狼と監視の大人狼を引き連れ、森から取ってきた切り株型の丸太の様子を見に行く。

昨日は、洞窟の入口横、少し離れた場所に放置していた。

すると、おかしなことに気が付く。

丸太の上に「▼」マークが出ているのだ。

何も探していないときに、あのマークが出るのは、とても珍しいことだった。

これまで表示されたのは、埋まっていた冒険者の死体、その近くのスコップ、それから空腹でふらふらのときの木の実ぐらいだっただろうか。

注目したほうが良いものがあると出るようだ。

俺は切り株に近付き調べるが、特に何かが見つかったり、気になる点はない。

うーん、ゲームなら【調べる】コマンドを使うなり、近くのＮＰＣに尋ねればヒントが表示されるのだが。

丸太の臭いをかいでいる弟妹狼の横で木をさすってみるが、ざらざらした普通の感触があるだけ。

叩いてもコンコンという音しかしない。

切り株の下に何かあるのかと苦労して動かしてみるが、特に何もない。

弟妹の一匹がしきりに木を舐めていたので、味がするのかもしれないと真似てみても、口の中に木のクズが入ってただ気持ち悪かった。

うんうんと腕を組んでうなってみるものの、まったくわからない。

【調べる】コマンドが使えればいいんだが……。

やけになった俺は声に出してみる。

「調べる！」

その直後だった。

【グオーギガ：ゴブゴブ、ここは虫を育てるには少し明るすぎるゴブな】

目の前にゲームで表示されていたような四角いウィンドウが現れたのだ。

つい日本語で唱えてしまったのが良かったのだろうか。うまくいったようだ。

しかし表示されている内容がな……。

いや、まあ確かに、ゲームでの【調べる】コマンドでは、主人公の独り言としてヒントが表示されることもあったが。

一切思ってもいなかったことを、俺の言葉として表示されると、微妙な気分にはなる。

生まれてから一度も「ゴブゴブ」なんて言ったことないし。

とりあえず、なんで「▼」マークが表示されたのかわかっただけでもよしとしよう。

どうやら、ここでは明るすぎるようだ。

言われてみれば、この丸太を見つけたのは森の中でも光が届きにくい場所だった。

俺は見た目以上に重い丸太を斜めに傾けると、不器用ながらも、洞窟から近い森の木々の中へ転がしていった。

……このへんでいいかな。

すると、また「▼」が丸太の上に表示された。

……まだダメなのか？

今度は心の中だけで「調べる」と唱えてみる。

【グオーギガ：ゴブゴブ、明るい場所にあったせいで、ちょっと乾いてしまったゴブな】

言葉に出してコマンド実行しなくてもヒントは表示されるようだ。

次は心の中でゴブリン語で唱えてみたい。

水分か。しかし畑の水やりに使ってしまったため、水袋は空だ。

そこで俺は洞窟の中にこんこんと湧く泉まで行って、水を補給することにした。

再び丸太に戻ると、その上に水をかけ、虫の穴の部分を軽く湿らせる。

すると、またウィンドウが出た。

【グオーギガ：こんなもんゴブな……】

終わったか。

水をかけるたびに弟妹狼がその部分を舐めてくれたので、湿らせる作業が早く終わった。

彼らは舌で水を舐め広げてくれたのである。決してただ水を飲んでいたわけではない。うちのかわいい弟妹狼が、そんな邪魔をするわけはないのである。

……それにしても、このウィンドウは、俺以外には見えないのかな。

「▼」マークは他のゴブリンには見えないようだから、多分それと同じなんだろうが。

俺は泉に戻ると、水を飲んでいるゴブリンが一体いることに気が付き、挨拶をする。そして袋に水を汲んだ。

ここで冷たい水が常に手に入る。どこからか風も吹いてきていて、寒いほどの場所だった。

四つんばいで直接泉の水を飲んでいたゴブリンが顔を上げ、「ギャッ」と俺の挨拶に返した。

ゴブリン語で挨拶を返すよりも、こっちの鳴き声のほうが楽に発音できる。

口の構造上、ゴブリンは、ゴブリン語をあまりうまく操れないのだ。

なんでゴブリンにとって発話しにくい言語が使われているのかは謎である。

もしかしたら、俺がゴブリン語だと思っている言語は、もともとゴブリンたちのための言語ではなかったのかもしれない。

父親からそこらへんの話は聞いたことがなかった。

洞窟の外に出て、次の実験に移ることにする。

料理を作るのだ。

ゲームでは自分の家にある調理器具の前に立つと、「▼」が器具の上に表示される設定になっていた。

その状態で【使う】コマンドを選択することで、料理が作れるのだ。

アイテムボックスに入っている材料から、今何が作れるかというレシピの一覧が出てきて、それを選択する形だったはずだ。

丸太に対して【調べる】コマンドが使えたのだから、もしかして目の前に調理器具があれば、【使う】コマンドが使えるんじゃないか。

俺は、そう思い始めていた。

はっきり覚えてはいないが、ゲームの調理器具のグラフィックには、包丁やまな板、かまど、鍋のアイコンが使われていた記憶がある。他にも、家の中に井戸のようなものもあったか。

そういったものが目の前にそろっていれば、調理器具として判断されるんじゃないだろうか。

とりあえず包丁の代わりとして、襲ってきた人間から奪ったダガー、まな板の代わりにはそこらへんに落ちていた汚れた板切れ、井戸の代わりに水の入った水袋を用意する。

……非常に不安になる顔ぶれだ。特に板切れ。

かまどと鍋のうち、かまどは焚き火で代用する。

鍋は襲ってきた人間の男たちが持っていたのでそれを使う。

彼らは皿も持っていた。

ほとんどの携帯用調理器具は持っていたのに、まな板だけなかったのが残念だ。

薪《まき》となる乾いた木や、火を大きくする枯れ草はアイテムボックスに入っている。

用意は、すぐできるだろう。


そして俺は火打石による火付けを開始する。

以前、木の板に棒をこすり付けるという原始的なやり方で着火を試みたときは、うまく火を熾せるようになるまで二、三日かかった。

手の皮なんかは人間のころより丈夫になっているおかげで、手が痛くなるとかはなかったんだが。

あれでコツをつかんでいるので、火打石という文明の利器を手に入れた今、かなり容易に着けられるはずだ。

一時間もあれば、うまくいくだろう。

経験は力である。

太陽の位置から判断し、まだ午前ごろかな、という時刻から俺は火熾しを始めた。

途中で狼からのお肉補給を挟みつつ、最終的に火が燃え上がったのは、もうすぐ暗くなるかな、という頃合いだった。

ちょ、ちょっと時間はかかったが、大体予定通りである……。

†

火が着いたころ、弟妹狼は洞窟の入口で眠りについていた。

火打石のカチカチとうるさい音にも負けず、熟睡している。

見張りの大人狼が近くで寝ているから大丈夫だろうが、洞窟から出てくるゴブリンに踏まれると大変なので、あとで場所を移動させたほうがいいかもしれない。

俺の母狼みたいに極端に火を怖がる狼がいないのはラッキーだった。

作業の途中から集まってきたババルーアや何人かの子ゴブリンが、興味深そうに火を眺めている。

あの体の小さな、器用なゴブリンもいる。

もしかしたら虫採りに行こうと誘いに来たのかもしれない。

火熾しがうまく行きそうで行かない微妙な難易度だったので、熱中してしまっていた。

さてさて、こんなもんかな。

俺は目の前に包丁代わりのダガー、まな板代わりの板切れ、井戸の代わりの水袋、人間たちから奪った鍋と皿を出す。

ゲームで料理をする際は、家に設置された調理器具の前に立ち、その上に「▼」が表示されたときに【使う】コマンドを押せばよかった。

現在、「▼」マークは表示されていない。

調理器具がダメなのか、それとも調理器具の上に「▼」が表示される仕様ではないのか。

ゲームでは、人に話しかけるときも「▼」が出ていたが、この世界ではその設定もなくなっていた。だから後者の可能性もある。

不安に思いながらも、とりあえず俺は焚き火やダガー、板切れなどを見ながら念じてみる。

これは調理器具だ、これは調理器具だ、これは調理器具だ……。

そして俺は、心の中で叫んだ。

(使う！)

【料理を作成する（ページ1／3）】

・木の実サラダ（木の実3つを消費し、1食分）
・焼き木の実（木の実3つを消費し、1食分）
・木の実の香りスープ（木の実1つを消費し、1食分）
・木の実クッキー（木の実4つを消費し、1食分）
・森の果実サラダ（森の果実3つを消費し、1食分）
・森の焼き果実（森の果実3つを消費し、1食分）
・森の果実ジャム（森の果実4つを消費し、1食分）
・ほぐし革鎧サラダ（革鎧1つを消費し、12食分）
・ほぐし革鎧のスープ（革鎧1つを消費し、36食分）
・ほぐし革鎧のステーキ（革鎧1つを消費し、12食分）

目の前にウィンドウが現れた。

懐かしい、ゲームで何度も見たあのウィンドウだ。

メニューが表示されたということは、今回用意した道具が調理器具と判断されたんだろう。

それにしても、どれもゲームでは見たこともない料理名だ。

ページをめくっていくと、人間の男たちが持っていた干し肉を使った料理などもある。

彼らが着ていた革鎧も加工すれば食べられるようだ。

食料が少なくなったら、優先的に鎧スープをゴブリンたちに回してやろう。

一ページ目で「森の果実サラダ」でひとくくりにされているものも、二ページ目に「アジュベリーのサラダ」などとあり、別々の果物として調理することも可能なようだった。

一部のレアな果実は天ぷらにもできるらしい。衣や卵はどうするんだろうか。

木の実と森の果実をあわせたような料理はないようだ。

できないのかな……？

そんな疑問を持った途端、目の前の料理一覧が更新された。


【料理を作成する（ページ1／4）】
・木の実と森の果実のサラダ（木の実1つと森の果実2つを消費し、1食分）
・焼き木の実と森の果実のソテー（木の実2つと森の果実1つを消費し、1食分）
・木の実の香りスープ、隠し味入り（木の実3つと森の果実1つを消費し、3食分）
・森の果実ジャムつき木の実クッキー（森の果実3つと木の実3つを消費し、1食分）
・木の実サラダ（木の実3つを消費し、1食分）
・焼き木の実（木の実3つを消費し、1食分）
・木の実の香りスープ（木の実1つを消費し、1食分）
・木の実クッキー（木の実4つを消費し、1食分）

・森の果実サラダ（森の果実3つを消費し、1食分）
・森の焼き果実（森の果実3つを消費し、1食分）

……便利だな、おい。

畑を作る際クワの代わりにシャベルが使えたときも思ったが、ずいぶんと設定が柔軟になっているらしい。

さて、何から作ってみるか。

どれも原材料の数が少ないので、たいしたものはできないだろうが。

木の実などは胡桃が縦長になった程度の大きさだし、森の果実もブルーベリーやイチゴぐらいだ。木の実3粒を消費して食事を作ったとしても、小食に慣れている俺ならともかく、子ゴブリンには少なすぎると思う。

まあ、この「3つ」というのが「3粒」ではない可能性もあるけれど。

ゲームではシシャモぐらいの小魚一匹で一食分が賄えたので、その仕様を継いでいると思いたい。食材不足の今、そうだったらいいなーという希望的な憶測だ。


とりあえず、火が通った料理を選ぶかな……。

干し肉といったレアな携帯食料や革鎧は消費したくないので、必然的に選ぶのは木の実や果実か

らとなる。

単純に焼くだけなら俺でもできそうだから、スープか、少し面倒そうな天ぷらか。

天ぷらにできる果実は俺の好きなもの、かつあまり多く採れないものばかりだったので、スープが良いかな。

一粒で一食分とすれば、コストパフォーマンスも良さそうだし。

まあ、原材料から判断すると、単に水の中に木の実を入れて煮ただけの何かが出てきそうではある。

そう思いながら、俺は指で「木の実の香りスープ」をポチっと押した。


【自動で作成しますか？　手動で作成しますか？】

【自動／手動】


質問の意味がわからないが、後でもう片方も試せば良いだろうと、【自動】を選択した。

直後、焚き火の火が爆発したかのように膨れあがった。

不思議と熱くも、そして多分まぶしくもないのだろうが、反射的に目をつむってしまう。

辺りのゴブリンが「ギャッギャッ」と騒ぐ中、おそるおそる目を開ける。

すると俺の目は、光るダガーと水袋、さらにホカホカと湯気を立てる液体の入った少し深めのスープ皿を捉えた。

皿は焚き火の前に置かれている。人間から奪った皿ではない。どこから現れたのか。

ダガーと水袋の光は、俺の見ている前でゆっくりと消えていっている。

騒ぎに目が覚めたのか、弟妹狼が近付いてきたが、すぐに大人狼に首根っこをくわえられ、遠くに連れ去られた。

洞窟内にいた他の子ゴブリンが集まってきているからな。

弟妹には安全なところにいて欲しい。

そんなことを思いながら、スープ皿の方に一歩を踏み出す。

すると何かを踏んだ感触があった。

なんだ？　と思って足をどけてみると、木の実の割れた殻だった。

中身がなくなっているんだが、これは俺が食べてうっかり放置したやつか？

それとも、料理に使われた残りのゴミだろうか。

俺はそれをアイテムボックスにしまう。

少し残っている実の部分などが腐ると臭くなる。ゴミは森の一ヶ所にまとめて捨てるようにしているのだ。

ゴブリン全員がやらないと意味のない習慣ではあるが……。

湯気を立てるスープらしきものに近くと、屈んでそれに触れてみる。

お皿が、けっこう熱い。

火傷《やけど》をしないよう、皿の縁あたりをそっと持ち上げる。

スープを鼻に近付けると、鼻腔に蒸気が満ちるとともに、以前嗅いだことのあるような、空腹を刺激する美味しそうな匂いが漂ってくる。

嗅ぎ覚えのある香りだ。

これは……コンソメか？

スープ皿を揺らすと、それにあわせてトロっと液体が揺れた。

固形物は入っていないようだ。

焚き火の炎を反射し、スープは黄金色に輝いて見える。

ふむ。

うまそうではあるが、なんか怖いな。

水袋がクタっとしているので、この液体はおそらくあの中にあった水なのだろう。

だが、このコンソメみたいなものは、どこから来たんだろうか。

コンソメは透明感のある見た目シンプルなスープだが、けっこう手間のかかる料理だったはずだ。

それっぽいまがいものならわかるんだけど、匂いが完璧だからな……。

でき上がりと材料を比べて、材料ちょっと足りてないんじゃない？　という料理はゲーム中にもあったが、これもその一つなんだろうか。

スープ皿もどこから来たのかわからない。

うーん、と考え込んでいると、横から鼻を近付けスンスンと匂いを嗅ぐ音が聞こえてきた。

見ると――バハルーアか。

それを見て閃く。

ああ、そうか。何も俺が一口目である必要はなかったんだ、と。

俺は決断した。リーダー格である彼に敬意を表し、一口目を譲ることに。

「飲むか？」

スープ皿をモルモット……じゃなかった、バハルーアに差し出した。

バハルーアが、「いいのか？」といったように人差し指で自分を差す。

俺は重々しく、うなずいてやった。

スープ皿を受け取るバハルーア。

見慣れない食材は口にするのを躊躇するものだが、よだれ垂らしまくりのバハルーアを見る限り、ゴブリンはそんなことないのだろう。子供だからというのもあるだろうか。

初めて嗅ぐ匂いなのに、食料とわかっているのは不思議だった。

「熱いから気を付けてね」

「ワカッタ！」

俺の言葉にそう返事をすると、バハルーアはその熱々のスープに口をつけ、一気に飲んだ。

ゴクゴクと喉が鳴っている。

「ウマイナ！」

飲み終わると皿を口から離し、彼はそう言った。

あれ？

思っていたより熱くないのか？

「グオーギガも、ノメ！」

そう言うと、グンッとスープ皿をこちらに突き出してくる。

半開きだった口に、皿の縁が押し込まれた。

全部飲んだんじゃなかったのかと皿の中を見ると、どうやら、まだ半分ぐらい残っていたようだ。

それが、勢いよく俺の口内に注ぎ込まれる。

まあ、もう冷めているみたいだし、大丈夫だろう。

——そんな油断が、口内の熱さに地面を転がりまわる、一体のゴブリンを生んだんだ。

食糧難の今、吐き出すわけにはいかないしな。

俺はがんばって、スープを飲み込んだよ……。

†

口の中がヒリヒリする。

熱いものを、ずっと口の中に入れていたからだ。

いきなり過ぎて、水袋の水で冷やすということさえ思いつかなかった。

……まあ、口の中いっぱいにスープを含んでいたから、水を飲めたかは疑問ではあるが。

それにしても、この腹が満たされた感じは久しぶりだ。

満腹感というやつだな。そんな量は飲んでいないはずなのに。

母狼がミルクをしこたまくれていたとき以来である。

食べ物を消化しているからか、胃が温まっているような感覚もある。

スープにはしっかり味が付いていたし、多分ダシのようなものも入っていた。

うまいものを食べられ、幸せな気分だ。

俺は地面にあぐらをかき、水袋の水で口内を冷やしつつ、そんなことを考えていた。

「グオーギガ、大丈夫カ?」

リーダー格が話しかけてくる。

弟妹狼たちもやってきて、俺の太ももの上に乗り、左右から口のあたりを舐めてきた。心配してくれているのだろう。

「ああ、大丈夫。うまかったよ……」

そう俺が口を開いた途端、弟妹狼が俺の口内に舌を突っ込んできた。

……もしかしたら心配してくれているんじゃなく、スープの匂いが残っているところを舐めているだけかもしれない。

左右を見回すと、ほかの子ゴブリンも物欲しそうな顔で、こちらを見ていた。

材料は木の実ひとつと水だからな。俺はみんなにもスープを振る舞うことにする。

「ほかにも作るから、泉で水を汲んできてくれ」

料理に使うだろうと用意していた鍋と水袋を近くの子供に渡す。

料理の際に水袋の水の半分を、さらに残った半分も、俺が口を冷やすために使ってしまっていた。

水袋を渡されたゴブリンの子が、洞窟の中に駆け込んでいく。

俺はアイテムボックスを見て、木の実が一粒だけ減っているのを確認する。

そして焚き火に近付くと、もう一つ残っていた満杯の水袋をアイテムボックスから取り出し、先ほどと同じように料理を選択していく。

再び焚き火の炎が膨らむと、ダガーと水袋が輝き、地面にスープ皿が現れた。

俺はそのスープを近くの子ゴブリンに振る舞う。

その子は恐る恐るといった様子でスープに口をつけた。

そして一口飲むと目を見張り、一気に飲もうとして熱さにもだえた。

やはり俺が猫舌なのではなく、バハルーアが異常だっただけのようだ。

水汲みに行った子ゴブリンが戻ってくると、鍋と水袋を受け取る。

水袋一つでスープ二皿分ぐらいか。この携帯用の鍋なら三皿分ぐらいはいけるかな。

俺はあれで十分だったが、リーダー格には足りないと思う。もう一皿あげたほうがいい。

手元にはスープ一皿分の半分まで水が入った水袋が一つ。スープ二皿分の満杯の水袋が一つ。スープ三皿分の鍋が一つ。

一体は飲み終わり、四体がまだ。リーダー格の分ももう一皿作る必要がある。

水はなくなったら汲みに行ってもらえばいいかと思いながら俺は次々とスープを作っていった。

木の実はまだ五つ以上残っているから材料の問題はない。

最初はリーダー格、次に水を汲んで来てくれた子と順に、スープを渡していく。

見ていると、皆うまそうに飲んでいる。

飲み終えると消えるスープ皿にも驚いているようだ。

自分のときは熱さにもだえて気付かなかったが、そんな風に消えていたのかと俺も一緒に驚いてしまった。

無事、子ゴブリンすべてにスープが行き渡ったようだ。

最後に俺は、俺の足に爪を立て、きゅんきゅん犬のように鳴き始める弟妹狼たちのために、「森の焼き果実」を作り、振る舞うことにする。

コンソメスープはネギ類が入っているのが怖かったから、こちらにした。

この世界はどうかわからないが、前世ではニンニクやニラ、ネギ、タマネギなどのネギ科の植物は、イヌ科の生き物には毒と言われていたからだ。

特に中型や大型の犬ならあまり神経質になる必要はないと聞いたこともあったが、実際どうかはわからないし、自分の弟妹でそれを実験する気もなかった。

焼き果実を選択すると、謎のソースがかかった三粒の焼き果実ができ上がる。

一粒ずつ弟妹にやる。ラストの一粒は俺が食べた。

温かい果物というのは前世でも食べたことはなかったが、すごく甘くなっていた。驚きだ。

しかも一粒で謎の満腹感がある。すごい効果だな。

弟妹も満足気だった。

ただ、謎の苦くて甘いソースはイヌ科には良くなかったかもしれないな、と少し反省はした。


一仕事終えて満足した俺は、ギャッギャッと楽しげに鳴きあう子ゴブリンの横を抜け、畑の様子を見に行くことにした。

焚き火を離れると辺りは暗くなるが、夜目の利くゴブリンには関係ない。

大人たちは、このアドバンテージを生かすことなく、昼だろうと思い立ったときに狩りに出かけていた。

何も考えていなかっただけの気もするが、夜の森は危険だから昼に行く、とか一応考えていたのかもしれない。そのあたりはよくわからない。

畑が見えてくる。

朝の段階で花が枯れていたから、そろそろ実をつけていてもおかしくない。まったく尋常でない速度で育っている。

たしか二日前に種を蒔き、その日のうちに芽が出ていた。

次の日には七十センチまで育ち、つぼみをつけ、夜には花を咲かせていた。

そして今日の朝、花が枯れていたんだ。午後か夜には、実がつきそうな勢いだ。


……うん、俺の予想した通り。作物には小さな果実がなっている。

といっても青く、多分まだ熟していない実だろう。

人工受粉を試した覚えのあるものもないものも、等しく実をつけていた。

木から採った覚えのある実や果実もできていた。

幹の部分を見ると、トマトの茎のような青色をしている。

まだ成木になっていないから、こんな色なのだろうか。

それでも実をつけるとは、たいした生命力である。

この畑に植えたからという可能性もあるが。

芽が出た直後に俺が抜いてしまったやつも、他のものと見分けがつかないほど育っていた。

というか、すでにどれだかわからない。

草や潅木《かんぼく》から採った実の方は、普通に見覚えのある草や潅木に育ち、そこに実っていた。

潅木というと、人の背丈以下とか、ヒザや腰ぐらいの高さの木を思い起こすが、ここに生えているものは八十センチぐらいだろうか。

どのぐらいまで育つのか見ものである。

そして翌朝、俺は色づく森の果実や木の実を畑から収穫することに成功したのだった。

第四章　ゴブリンに転生したので、料理も作ることにした

カチカチと火打石と鉄っぽい何かを打ち合わせる。

ときどき火花は出るんだが、それがこの綿のようなものにうまく燃え移ってくれない。

茶色くモジャモジャとした綿ぼこりのような謎の何か。

これで種火を作りたいんだけど。

種火を作るための草やコケが枯れたものも持っていたが、今使っているのは例の人間が持っていたものだ。

俺が見つけたものに比べ、こちらのほうが火を着けやすそうだった。

今日も昨日と同じく風は強くないし、絶好の火熾し日和である。

あるはずなんだが……。

「大変そうダナ……」

俺の苦戦を見ていたリーダー格が話しかけてきた。

周囲には他の子ゴブリンもいる。

昨日食べさせたスープの味を思い出しているのか、よだれを垂らしている子もいた。

多分火がつけば、俺がまたスープを作るとでも思っているのだろう。

その通りではあるが、そう簡単に俺が火を着けられると思うなよ。

アイテム「火」はレア度マックスの超高級素材なんだぜ！

「ああ」

そう返答しながら、カッチカッチと石と金属を打ち合わせ続ける。

くっ、みなの視線が、さらに俺の手元を危うくするぜ。

せっかく今朝、木の実や果実を畑から収穫できたのに、これでは食べるのがいつになるやら……。

なんか、だんだん疲れても来た。

誰か、ちょっとだけ代わってくれないかしら。

そんなことを思った俺が、チラッとリーダー格を見て、こんな言葉を付け足してみる。

「これは力がないとな……」

こう言えば力持ちのババルーアが、代わりにやってやろう、などと言い出すんじゃないかと思って。

そして俺の思い通り、ババルーアはブフーっと鼻から息を吐き出し、ひとつうなずく。

そして言ったんだ。

「ワカッタ。お前、ヤレ！」

ババルーアは、虫の繁殖する切り株を洞窟の前まで運んできてくれた、例の小さなゴブリンを指差していた。

えっと。彼の筋力って、俺程度の気がするんですが……。

あの小さなゴブリンも、えっ俺？　という表情だ。人差し指を自らに向け、口を半開きにしている。

だが、結果的にババルーアの指示は正しかったようだ。

彼が俺と代わって二十分ぐらいだろうか。

小さなゴブリンはいとも簡単に、あの茶色い綿のようなものから、火を立ち上らせてくれた。

必要なのは器用さだったらしい。

俺は急いで用意していた乾いた小枝を、その上においていく。

よくここでも種火を消してしまっていたが、今回はイヤにうまくいっている。

種火に投入する用の小枝を、細いもの、それよりちょっと太いもの、それよりさらにちょっと太いものと、あらかじめ何段階かに分けて用意していた。

それを一番細いものから順に投入していく。

しばらくし、枝から炎が勢いよく立ち上った。

煙がイヤに目にしみたが、こうして無事、俺はレアアイテム「火」を今日も手に入れることができたのだ。

さて、次は料理か。

腹をすかせた子ゴブリンに、スープを作っていくことになる。

原材料は今朝、かなりの数を畑で収穫していた。

ひとつの株につき、十粒から二十粒の木の実や果実が採れたのだ。

いくつか収穫した木の実を、新たに畑に植えたりもしていた。

今日植えたものが、前のものと同じ速度で成長してくれるなら、二日後の夜にはさらに料理の材料となる木の実が採れるだろう。

こちらは適当に料理を選択すれば自動でできるので、苦労するところはない。

手動で作る方法も試してみたいが、それは皆が満足してからでいいだろう。

俺はダガーと水袋だけをアイテムボックスから出し、一気に料理を作っていった。

ギャッギャと鳴いているゴブリンに、でき上がったスープを渡していく。

水で満杯にした鍋と水袋をアイテムボックスに入れてあったので、途中で水汲みに行く必要もなかった。

最後に弟妹狼用の料理を作って終わりだ。今日は「森の果実サラダ」にしよう。

昨日作った「森の焼き果実」は余分なソースがかかっていたため、毎日食べさせるのにはちょっと不安があった。

あれから二匹とも元気に動いているから心配しなくて良いのかもしれないが、甘いもので糖尿病になる犬も前世では多かった。

そんなこんなで今回作った「森の果実サラダ」。

三粒の小さな実が葉っぱの上に載せられ、それが皿の上に置かれていた。

ゴマよりも小さな花のつぼみみたいなのが散らされているのはいいんだがな……。

ちっちゃな実には、何かテカテカ光るものが塗ってあった。

またかよ。

イヌ科は雑食だから、ある程度果物は平気だと思うんだけど、それに何かがかかっていたりすると、途端に不安になる。

まあ、チョコチップとかよりはましだが。チョコは犬を興奮させる作用があるらしいし。

わざわざ悪いと言われているものを与えたくないと思い、まずは俺が実にコーティングされたテラテラを舐めてみた。

……甘みはない。むしろ、ほんのちょっと塩の味がするかな。

うーん、と思いながら今度はクンクンと嗅いで見る。

よくわからないが、これは……油かな?

そんな感じの匂いがかすかにした。

くっつきにくくするために、ドライフルーツにオイルを塗るってのは聞いたことあるが、生のものに塗るってのは聞いたことないな。

そんなことを思いながら、一粒パクッと食べる。

おお、これは……。

果実がすごく甘くなっていた。

これがチートの力か。

サラダって言うと聞こえはいいが、生の果実に油のような何かを塗っただけなんだけど。

昨日のものよりかは健康的だろうと、俺に爪を立てたり、キュンキュン鳴き始めていた弟妹狼にも、残りを一粒ずつ食べさせる。

猫ではないんだから、いい加減爪を立てるのはやめて欲しいのだが。


そうして皿には、果物の下に敷かれていた葉っぱだけ残った。

これ、食べられるのか悩むな……。

まあ、食えないものは皿にも載せないだろうし。

そう思って葉っぱをかじってみる。

……うん、これはすごい。

モソモソした食感で、噛んでも噛んでも口の中に残り続ける。

そして噛むたびに青臭さと苦味のコラボレーションが口内を蹂躙《じゅうりん》するんだ。

もしかしたら、これは食べるものではなかったのかもしれない。

そう思いながらも、くっちゃくっちゃ噛んでいると、いきなり葉っぱが口の中から消滅した。

同時に手に持ったお皿が、空中に溶けるように消えていった。

……やっぱり普通は食べないものだったらしい。

さて、一応謎の満腹感は得られたが、一粒ではやはり少ない。

自分はまだ食べたかったので、実験がてら【手動】で料理を作ってみることにした。

焚き火の前に立ち、いつも通り「使う」と念じる。

現れたウィンドウの料理リストから、「木の実の香りスープ」を選択。

【自動で作成しますか？　手動で作成しますか？】というダイアログに対して今度は【手動】を選んだ。

すると、見たことのない小さな鍋が現れた。三脚の鍋で、火の上に吊るされている。

1．水袋の水を、鍋の内側の「――ここまで――」と書かれた線まで注いでください。

さらに目の前に、そんな文章の書かれたウィンドウが表示される。

鍋の内側、確かに六分目ぐらいのところに、そんな線が入っていた。

溢れさせるほど水を入れてやったらどうなるのかと試してみたいが、あいにくと一皿分の水しか残っていない。

俺は水袋に入っていた最後の水を、全部鍋に入れた。

2. 木の実のつなぎ目に包丁を当て、力を入れて割ってください。

鍋に水を入れ終わると次の指示が出てくる。

かなり大きな岩と岩の間に入れ、上から力いっぱい打ち下ろさないと割れなかった木の実だ。

そんな簡単なことで割れるものかと思いながらダガーを木の実の割れ目に当て少し力をこめたら、簡単に割れた。

……あれ？

3. 包丁で木の実の中をくりぬきます。
4. 木の実を手でよくもみほぐしながら、鍋に入れてください。

両手のひらに木の実を挟み、手をこすり合わせるように粉にして鍋に入れる、といった工程の動画まで添えられている。

どこかＧＩＦアニメを思い起こさせるような動画だ。

生の木の実はクルミの実と同じようにけっこう硬い。

決してあんな簡単に粉にできるはずはないんだが……。

と思いながらダガーを割れた木の実にあてると、いやに簡単に中身が取り出せ、さらに、パラパラと簡単に粉状になってくれる。

それを鍋に入れる。

5．鍋の水が沸騰したら、固形スープの素を入れてください。

チラッと鍋を見たらいつの間にか沸騰していた。

スープの素っていうのは、どうするんだ……？

そんなことを思っていたら、目の前にぼんやりとしたホタルのような光が現れる。

なんだ？　と思って、それを指でつまむ。それは四角いキューブ状の何かだった。

光ってはいるが、形はコンソメの素だ。

俺は、そのキューブを鍋の中に入れた。

6．よくかき回し、固形スープの素が溶けきったらでき上がりです。お皿によそって食べてください。

そして鍋の中に木でできた、でっかいスプーンのようなものが現れ、地面にお皿が置かれた。

このスプーンは、スープを飲むときに使えるな。

そう思いながらスプーンで鍋の中身をグルグルかき回していると、急にスプーンが手から消える。

……どうやら固形スープの素が溶けきったようだ。

代わりにおたまが表れた。鍋の中に立てかけられている。

よそえってことか？

俺がそれでスープをお皿に注ぐと、鍋とおたまは、空中に溶けるように消えていった。

どうせならスープを飲むためのスプーンも出してくれればいいのにと思いながらも、俺はスープ皿の縁を両手でつかみ、フーフーと息を吹きかけながら、熱々のスープをちょっとずつ飲むことになったのだ。

スープはやっぱりうまかった。

†

スープは半分ほどしか食べられなかった。

森の果実サラダを一粒食べたせいだろう。

謎の満腹感があり、見かけは少ないのに異様に腹が膨れるのだ。

残飯を狼に食べさせるという手もあるが、スープの素とかにタマネギなどが入っているとイヌ科の動物には毒になる可能性がある。

狼たちには飲ませたくなかった。

俺は少し考えた後、スープを自分のアイテムボックスに入れることに決める。

アイテムの情報を見たかったんだ。

料理の情報は他にしようと思っていた実験で調べようと思っていたのだが、別にこれでもいい。

ゲームでは作った料理をアイテムボックスに入れて持ち運んでいた。このスープが入らないということはないはずだ。

俺は早速スープをアイテムボックスに収納してみた。


【木の実の香りスープ（食べかけ）】

食べた量に応じ、【精神】と【器用】を〈小上昇〉させ、【体力】と【知力】を〈微上昇〉させる。

【SP《スタミナ》】を回復する。


うまく入ったようだ。

アイテムボックスに入れたことで、そのアイテムの情報が脳内に流れてくる。

ゲームでは作った料理を食べることで、ステータスを上げられる設定があった。

昨日は料理を作れたことで興奮したり、畑で作物が採れるか心配したり、謎の満腹感で満足したりしていたため、この重要な情報を調べるのを忘れてしまっていた。

もしかしたら、ゴブリンの脳筋に引っ張られていたのかもしれない。

なんとなく前世でもこんなバカなミスをけっこうしていた気もするが、多分、気のせいだろう。

前世の母に『あんたは瞬発力〝だけ〟はあるのにねー』なんて言われていたことをうっすら思い出したりもしたが、全部作られた記憶だと思う。

今はそんな偽りの記憶よりも、料理の能力に目を向けなければならない。

ゲームの能力が完全に再現できなかったためか、俺は自分のステータスを数字で見られない。

それに合わされているのか、料理の能力値も何ポイント上がるのかという細かい数字は記されていない。

その代わりに〈小上昇〉や〈微上昇〉などという単語が使われているようだ。

俺はアイテムボックスの一覧を呼び出してみる。

【木の実の香りスープ（食べかけ）】と書かれた文字の右横にアイコンが出ていた。

ナイフとフォークが交差され皿の上に置かれているデフォルメのアイコン。

それはゲーム中、料理アイテムの横に必ず出ていたアイコンだった。

これまで虫を切り刻んで刺身にしてアイテムボックスに入れても、「切り刻まれた虫」と表示されただけで、このマークは出なかった。

どうやら焚き火と包丁代わりの刃物、そして水を用意し、あの不思議な料理レシピに従って作らないと、ステータスの上がる料理とはならないらしい。

焚き火と水はどうにでもなるが、ダガーは代わりがない。

失くせない貴重品になってしまった。

もっと簡単なもの、例えば黒曜石を割って作ったものが、ナイフ代わりになれば良いんだけれど。

実は以前父親がくれた黒曜石のナイフが、アイテムボックスの中に入っている。

父は親にもらったと言っていたから、おそらく父を育てた人間が作ったものなのだろう。

ナイフと言っても単なるガラスの破片みたいにしか見えない、前世ならゴミくず扱いするだろう形のものだが。


それにしても、スープの効果は【精神】と【器用】の〈小上昇〉、【体力】と【知力】の〈微上昇〉か。

ゲームの俺のキャラなら、微妙なステータスばかりが上がっている。

ちなみにゲームでは全部で六つのステータスがあった。

【筋力】【体力】【知力】【精神】【敏捷《びんしょう》】【器用】だ。

【筋力】は攻撃力に関係し、重くてダメージの高い武器を素早く振るなどの能力を表していた。これが上がると、【HP】も上がる。

【体力】は【SP《スタミナ》】を上げてくれるパラメーターだった。【SP《スタミナ》】は武器を振るったり、弓を射たり、ダッシュをしたり、筋力に合わない重い武器や盾、アクセサリーを装備したりすると減っていく。【SP《スタミナ》】はレベルが上がればガンガン上がる値だったため、ゲームの序盤以外、意識してあげたことはない。重すぎる装備は使わないのが基本だったし。

【知力】は魔法攻撃力に関係するパラメーター。

【精神】は魔法防御力のほか、【MP】の値を上げてくれるパラメーターだ。

ゲームでの俺は攻撃魔法と物理攻撃力の威力が同じぐらいだったため、【知力】はほとんど無視していた。近付いて殴ったほうが早いからだ。

【精神】の値が関わる【MP】も、【HP】や【SP《スタミナ》】と同じくレベルに比例してガンガン上がるため、あまり意識して上げたりはいなかった。そもそも【MP】は回復魔法と支援魔法用だったので、俺にはそんなに必要なかったのだ。

【精神】は、死ぬときに爆発するような雑魚敵が大量に出てくるマップの攻略に魔法を使わなくてはならない場合に、【MP】の底上げ目的で上げていた。

後はどうしても敵の魔法が避けられないとき、魔法防御が目的で上げるぐらいか。敵の魔法を避けられるタイプのアクションRPGだったので、避けられれば問題なかったのだ。

【敏捷】と【器用】については、特に【敏捷】を意識して上げていた。

【敏捷】が上がると、敵の矢や剣による攻撃の回避率を上げてくるのだ。

一方、【器用】は、敵への物理攻撃でクリティカルを誘発する確率と、盾で攻撃を防ぐ確率が高まった。さらに敵への攻撃が無効化される（避けられる、盾で防がれる）可能性も減らしてくれた。

俺の場合、剣や斧などの近接武器の的中率が何もしなくとも平均九五パーセント以上だったため、【器用】をあえて上げた覚えがない。

盾による攻撃回避もわざわざ【器用】を上げて得るよりは、質の良い盾を買ったほうが手っ取り早いと俺は感じていた。

こちらの攻撃を避けたりして無効化するような敵も少なかったし。

俺が物理の遠隔攻撃を主体にしたり、死ぬときに爆発するような敵相手の攻略に弓などを選んだりすれば、また違ったのかもしれない。だが俺は、それを選ばなかった。遠隔の飛び道具はこのゲームでは使いにくかったからだ。モーションが大きすぎるため、弓を引いて放つというアニメーションを繰り返しているうちに、接敵されてしまうのだ。

さて、この木の実のスープは、俺が一番重要視していた【筋力】の値を上げてくれない。

だが【ＭＰ】を上げる【精神】と、遠隔武器の命中率などを上げてくれる【器用】を〈小上昇〉させ、さらに【ＳＰ】《スタミナ》を上げる【体力】、そして魔法攻撃力を上げてくれる【知力】を〈微上昇〉させるようだ。

魔法リストでは使えるはずの魔法を、ＭＰが足りないために唱えられなかった俺には、【ＭＰ】に関わる【精神】が上がるのはうれしかった。

敵に近付きたくないなら、魔法の威力を上げてくれる【知力】も、遠隔武器の命中率を上げてくれる【器用】も有用だ。

逃げるとき用のスタミナを潤沢にしてくれる【体力】も、あればありがたかった。

そして何より、この能力上昇は、俺だけでなくゴブリンたちにも効果があるかもしれない。

これが大きかった。

ステータスは全体的に上げるつもりだが、特に上げたいのは【精神】と【知力】の値、とりわけ【精神】の値だ。

ゲームでは、「うちの子に勉強をさせてくれ」というお母さんからの依頼で、子供に【精神】と【知力】を上昇させる料理をプレゼントし続けるといったサブクエストなどもあった。

クエスト説明では「【知力】と【精神】のステータスが上がる料理をプレゼントしよう」となっているのだが、クリアに必要なのが実は【精神】の値だけという落とし穴がある依頼だ。

【知力】だけを上げると、テストのスコアは微妙に上がるものの、勉強は始めない。【精神】だけを上げることで子供は自主的に勉強を始め、テストのスコアもサブクエストをクリアできるレベルまで上がるのだ。

おそらくゲームでの【精神】は、忍耐力や我慢強さといったものなのだろう。

これはゴブリンたちにも当てはまるのではないか。

普通のゴブリンに、人間を襲うなとただ言い聞かせても思う通りに行くかどうかはわからない。

だがステータスの【精神】の値を上げてやればどうだろう。

リーダー格をはじめ、皆の【精神】が上がれば、もし再び人間という強者に出会ったとしても、リーダー格はきちんと指示を出し、彼の言うことに皆が従い、首を引っ込めて隠れるということができる集団になれるかもしれない。

そこに【知力】の上昇も加われば、その隠れ方もより完璧になるだろう。

頭を椅子の下に隠しながら尻が見えているといった間抜けな状態にはならないはずだ。

【精神】の値が高すぎて怖いもの知らずになられ、人間に突撃されても困るが、【知力】の値も高くなれば、ある程度客観的な判断を下せるようになってくれるとも思う。

死ぬ可能性がある戦いに巻き込まれるのはイヤだが、人間と敵対する道を選んだとしても、【精神】と【知力】をチートにしておけば、どうにかなってしまう気もする。

まだ子供なのに、リーダー格のバハルーアは、俺たちを襲ってきた人間の一人と渡り合えていたのだ。

ゴブリンの弱点は、知能だけなんだ。そこを補強してやるだけで、見違えるように強くなるはずだった。

たびたび食事という贈り物をして好感度を上げていければ、この集団での俺の発言力もある程度は保っていられると思う。

この俺のチート能力をうまく使えば、もしかしたら、ここに新しいゴブリンの集落を作ることができるかもしれない。

そしてゴブリンたちが知能と武力を得て、ルールを守るということさえ理解できれば、人間たちと交渉を行うことも可能かもしれない。

人間にも他の魔物にも脅《おびや》かされず、弟妹狼たちも静かに暮らせる、そんな理想の集落を作れるんじゃないか。

俺は、そんなことを思っていたんだ。

†

俺は昼まで、狼用のエサを作って過ごした。

贈り物チートによる狼からの好感度アップを狙ったのだ。

単なる餌付けとも言うが。

彼らのエサとしていろいろ作ってみたところ、木の実系の料理――スープや焼き木の実、木の実サラダ――はスープと同じく、【精神】と【器用】のステータスを上昇させ、【体力】と【知力】も上げてくれるようだ。そして、どれも【SP《スタミナ》】の回復効果があった。

原材料の木の実の使用数が多い料理ほど上昇幅も高いようで、木の実三つを消費する「木の実サラダ」と「焼き木の実」は、【精神】と【器用】を〈中上昇〉、【体力】と【知力】を〈小上昇〉させ、木の実四つを消費する「木の実クッキー」は、【精神】【器用】【体力】【知力】の四つ全部を〈中上昇〉させた。

いずいれも、木の実一つを消費する「木の実の香りスープ」よりも、微妙にパワーアップしている。

森の果実三つを消費する「森の果実サラダ」と「焼き果実」は、【器用】と【知力】の〈中上昇〉と【体力】の〈小上昇〉だった。こちらは【MP】回復効果もあるようだ。

森の果実四つを消費する「ジャム」は【器用】と【知力】、【体力】の〈中上昇〉、【筋力】の〈微上昇〉だった。

ゴブリンたちに一番上げて欲しい【精神】が上がらない果実系は、自分用の食べ物にするか、狼の餌付け用にすると良いだろうか。

果物と木の実、両方を使うサラダとソテーは、【精神】【器用】【体力】【知力】の〈小上昇〉。【SP《スタミナ》】と【MP】の両方を少し回復してくれるらしい。

スープはそれにプラスして【HP】の小回復。ジャムつきクッキーは、【HP】の回復はないものの、【筋力】と【敏捷】の〈微上昇〉がプラスされていた。

このジャムつきクッキーは、森の果実三粒と木の実三粒で一人分だ。

材料は多いが、ステータス値をまんべんなく上げてくれるので、食料に余裕ができたら、こいつを中心にしても良いかもしれない。

余裕がないうちは、木の実一粒の「木の実の香りスープ」だ。

【SP《スタミナ》】や【MP】は、これまで正直この世界で具体的にどうすれば回復するのか不明だった。

ゲームでは、【SP《スタミナ》】なんかは放っておいてもガンガン回復していったが、【MP】は寝ないと回復しなかった。

魔法を使えるだけの【MP】が確保できたら、【MP】回復効果のある果物はきっと役に立つだろう。


ちなみに、料理の作成は、例の黒曜石のナイフもどきでもできた。

これでダガーがなくなっても料理は可能だ。おそらく黒曜石でなくても、割れば鋭い破片ができる石さえ見つければいいはずだ。

さらに実験的に、いくつかの料理はアイテムボックスの中に入れておく。

ゲームでは、材料では保存できたものの、いったん料理になると一定の日数経過で腐るという謎の設定があった。

それに腐りやすい料理や逆に腐らない料理などもあったりしたので、そのへんも全体的に調べておきたいのだ。

ちなみにゲームと比べアイテムボックスの容量は異様に上がり、上限がわからないほどになっていた。

これと同じように消費期限なども強化されていると嬉しいんだが。

畑に植えた木の実や果実も順調に育っていた。

昨日種を蒔いたものも七十センチほどに育っている。

果物や木の実を収穫した植物も、枯れることなく次の花を咲かせていた。

ゲームでは、実をつけるまでの時間はかかるものの、一度実れば五回、六回と連続で収穫できる作物があった。何回収穫できるかはわからないが、それと同じ仕様なのだろう。

同じ時期に植えた作物は、つぼみをつけるタイミングも、それが花開くタイミングも全部が一緒である。前世では特に植物を育てることに興味があったわけではないからわからないが、もしかしたらこれって少し不思議な光景なのかもしれない。

目の前の畑の光景を見ながら、俺はそんなことを思った。

と、そのとき、俺に突然声がかかった。

第五章 ゴブリンに転生したから、他人の家に落ちているものでも拾おうと思う

「虫、採ロウ！」

振り返ると、バハルーアが立っていた。

俺は特に腹は減っていなかったのだが、彼らは違うようで、虫採りに行きたいらしい。ゲームでも午前と午後で二回の食事時間があったから、その仕様を継いでいるのかもしれない。虫が繁殖するための丸太を洞窟の近くに持って来ていたが、彼らはそれには手を出していなかった。まだ繁殖できるかどうか実験中のため、できればそのままにしておいてもらいたい。

とは言え、あの虫は子ゴブリンの好物だから、定期的に食べさせたほうがいいだろう。毎回木の実スープでは飽きてしまうかもしれない。

そればかり食べさせすぎてしまい、【精神】が上がるあのスープを嫌いになって欲しくもなかった。

「わかった」

俺はリーダー格の誘いにそう答えた。

火が使えるようになったことだし、今度はきのこも採取して調理したい。

きのこは以前父と探したことがあった。そのときはきのこの上に「▼」マークが出たので触ろうとしたところ、父が「触るなー！」と怒鳴りながら俺を突き飛ばしたため、採取はできていない。

前世では触ると火傷のようになってしまうきのこもあった。父はあのきのこを、そういう類のものだと思っていたんだと思う。

生食できるかはともかく、少なくとも火を通せば食べられたはずだ。マッシュルームみたいなものだったら、生でもいけるかもしれない。

ぜひ手に入れたい。

俺を含め七体のゴブリンの群れは、二匹の狼を護衛に森に出かける。

足元にはいつもの通り、俺の弟妹がチョロチョロしていた。

今回は虫がいる場所を探す必要はない。

この前見つけた大量の切り株があるところに行くだけだ。

狼もいるし、危険があれば彼女たちが教えてくれる。この先には行きたくないという動作をするのだ。

そしてやって来た、暗く涼しい丸太地帯。

早速ゴブリンたちは楽しそうに手を穴に突っ込んで虫を採り始める。

俺は穴の中に毒ヘビやら毒虫やらがいるんじゃないかと思うと恐ろしくて、とても手を突っ込むことなんてできない。

彼らにとっては、どっちが出てきてもご馳走なのかもしれない。俺もヘビのほうなら、何とかがんばれば食べられそうか。

今日は、リーダー格が手を突っ込んだ丸太に群がって順番待ちをしていたゴブリンたちに、あっちにもあるよ、と他の丸太を示してあげた。

そのため、ずいぶんと早く皆に虫が行き渡ったようだ。

「持ッテ、帰ルカ?」

そんな風に皆を見ていると、ゴブリンの子が話しかけてきた。

前回丸太を運んでくれたあの器用なゴブリンの子だ。

彼は新たな丸太を指差している。今回も持って帰るかどうかを俺に聞いているのか。

どうするかな。

持って帰っても、ここより繁殖しないようだったら、正直もったいない。

ここに残しておけば、かなりの確率で虫が繁殖できるのだ。

……まあ、大量にあるから一個ぐらい良いかという気もする。

もし増えなかったらこの場所に戻して、再び虫が繁殖するか試せば良いか。

「うん、お願いするよ」

俺がそう返すと、彼は「ギャッ」と鳴き声をあげ、その丸太に取り付いた。

あっ、でも今日は住処に帰る前に寄りたいところがあったんだよな……。

ある程度時間もあるので、以前見かけた崩れかけのログハウスに行ってみたかったのだ。あの廃屋の場所はここからならあまり距離もない。

できれば、あの家の中や近くに使えるものがないか見てみたい。

「あの崩れかけの建物に行ってみたいんだけど……」

「ドコカ、行きたいノカ？」

俺が器用な子にそう話しかけたタイミングで、リーダー格が割り込んできた。

手には虫を持っていて、それをこちらに突き出してくる。

「うん、そうなんだ」

虫を受け取りながら、バハルーアに答えた。

「人間たちから逃げてきたときに、人間の住処みたいな建物があっただろう？　あそこに行きたいんだよ」

「……ドコか、わからない。だが、お前が行く所ナラ、ドコまでモ、ツイて行コウ」

言うやいなや、リーダー格は他の子ゴブリンに「移動ダ！」と鋭く声をかけた。

えーと、器用な子が丸太を持ったままだと移動しづらいんじゃないかと思っていたので、俺だけで行こうかとも思っていたんだけれど。

俺は器用な子に、問いかける。

「それ持ったままで大丈夫？」

丸太を指差しながら俺が問いかけると、器用な子ゴブリンはコクリとうなずいた。

大丈夫ということだろう。

俺はババルーアに虫のお礼を言う。

そして彼にもらった虫の一匹をアイテムボックスに入れ、残りは弟妹たちに分け与えた。

後で虫を材料にした料理ができないか試してみるつもりだ。

ステータスがアップする虫料理ができるなら、それをゴブリンたちに食べさせたいと思っていた。

料理ができるまで、彼らが虫を食べずに待っていられるかは不安だったが。

多分、他の料理で【精神】を上げてやれば、「待て」ぐらいはできるようになると思うんだ。

犬だってできるんだから。

†

「あそこを調べたいんだ」

俺が示す先には、あの廃屋があった。

「ココか……」

リーダー格はそう言うと、皆にこの場所で待つよう指示する。

そして棍棒を構え、その廃屋に向かって歩き始めた。

彼の母である狼も、その後についていくようだ。

警戒はしているようだが狼が彼を止める様子はない。

行きたいと言った張本人が何もせず、危険がないか調べ終わるのを待つってのはカッコ悪いよな。

そう思った俺は体をかがめ、弟妹狼たちと目線を合わせる。

「ここで待っているんだぞ」

弟狼の方が情けないキューンという鳴き声をあげ、伏せる。

妹狼はただ静かに、そこにたたずんでいた。

「弟妹たちを見ていてくれ」

妹狼が付いてこないか心配な俺は、近くのゴブリンにそう言う。

そしてアイテムボックスからショートソードを取り出すと、急いでリーダー格たちの後を追った。

このショートソードは状態が悪かった。人肉を切ったためだ。

一応、布で拭いたりはしたんだが、その以上の整備方法がわからなかった。

少し心もとない。

先を行くリーダー格は、家の扉を無視し、壁が崩れ落ちた一角から中を覗いていた。

リーダー格の母親は、その少し離れた場所で辺りを警戒していた。

家の壁には爪跡のような傷がある。ずいぶんと大きい。

手の平だけで俺の肩幅ぐらいありそうな生き物がいれば、あの爪跡をつけられるだろうか。

変色や風化の具合から見て、新しいものではないと思う。

吹きぬける風が、朽ちた木の臭いを伝えてくる。

あの廃屋の臭いだろう。クワガタの幼虫でも住んでいそうな臭いだ。

俺の足音に気付いたリーダー格が、こちらを見て言った。

「何モ、なさソウだ」

危険はないのか？

俺は警戒しつつも、リーダー格の横をすり抜け、室内を見る。

崩れた場所からわずかに光が射すものの、室内は暗い。

だが闇を見通せる俺には関係ない。

部屋には別の部屋への扉が一つあり、俺から見て右のほうには棚があった。

棚の戸は開かれていて、中に入っていたと思しき布のようなものが床にずり落ちている。

俺が立つここ以外にも、壁が崩れて外から丸見えの場所があり、風通しが良い。

にもかかわらず、息を吸うと細かい塵《ちり》のようなものが鼻に入り込む。

朽ちた木の臭いもあり、前世だったらずいぶん不衛生な場所だと顔をしかめていただろう。

室内には、「▼」マークがたくさん出ていた。

スコップのときのように便利な道具のありかを示しているなら良い。

逆に、ここは罠だから調べろよー、みたいな意味で出ているんなら最悪である。とにかく「▼」の数が多すぎる。

しばらく考えた。

俺はあのマークの表示方法をある程度制御できる。

虫を探していれば、木の実の上には「▼」は表示されないし、逆に木の実を探しているときに虫がいても、「▼」は表示されない。

それを応用して、例えば「罠の位置にだけ、マーカーよ出ろ！」とか願ってみたらいけるかもしれない。

罠だったら残り続けるだろうし、重要なアイテムの「▼」なら消えてくれるかもしれない。

試してみるか。

「罠の位置にだけ、マーカーよ出ろ！」

イメージを明確にするため、日本語で声に出して唱えてみた。

……消えない。

罠だから消えないのか、あるいは重要アイテム上の「▼」は消せない仕様なのか。

いや、でもそもそも自分が住む家に罠なんて仕掛けるだろうか。

なんか頭がこんがらがってきた……。

……うん、もういいや、めんどくさい。

ゴブリンの身体能力舐めんな。罠の攻撃なんかあっさり避けてやるわ！

そう決断した俺は、リーダー格に声をかけた。

「バハルーア、ちょっと、あそこに立ってくれないかな？」

「ン？　アソコ、カ？」

「そう、今俺が指差してるとこ。気を付けてね」

「ワカッタ」

リーダー格が家の中に入る。彼の母親は、家の外で待つつもりのようだ。

彼は木の床をギシギシと踏み鳴らしながら、一番近い「▼」マークに近付いていく。

ちょうど戸が開きっぱなしの棚の前、ずり落ちた布がある場所だ。

大丈夫かなとドキドキしながら見守っていたものの、特に罠が発動することもなく、リーダー格は「▼」の位置までたどり着いた。

……大丈夫だったか。よかった。

安心した俺は、そこまで歩いて行くと、「調べる」と念じた。


【これは役に立ちそうなボロ布だ！　ゴブリンたちの服にも使えるぞ！】

ウィンドウが出た。

今回は独り言形式の表示ではなかった。

それにしてもボロ布か。

俺やバハルーアは腰巻を穿《は》いているが、何も着けてない者もいるからな。

プレゼント代わりには良いかもしれない。

成長すれば、もっと大きな腰巻も必要だ。

流れ込んで来るアイテム情報を無視しながら、アイテムボックスに片っ端から布を放り込んでいく。

すると、棚の下段に入っていた箱のようなものの上にも、「▼」マークが出ていることに気付いた。

同じように「調べる」と念じてみる。

【これは修繕キットだ！　アイテムボックスに入れておけばアイテムの修理ができるようになるぞ！】

便利そうだが、アイテムボックスに入れないといけないのか……。

少し大きすぎる気がする。

この木箱の大きさだとギリギリ入るだろうが、重いと入らないかもしれない。

俺のアイテムボックスには、あまり大きなものや重いものは入れられない。

多分、ゲームで出てきた最大の大きさのアイテムまでしか入らないのだと思う。単なる直感だけど。

ゲームでは武器や盾以外だと、指輪や帽子などのアクセサリー装備しかなかった。鎧や兜などの重厚な装備品がなかったのだ。

以前襲ってきた人間たちから奪った革鎧は入ったが、鉄の鎧クラスの重さだと入らない可能性が高い。

まあ、容量自体はめちゃくちゃ上がっているので、鎧も分解してパーツごとに仕舞えば入るかもしれないけれど。石とか百個以上入っているし。

自分の上半身ほどの大きさもあるこの木箱が果たして入るだろうかと思いながらも、触れて念じてみた。

（収納！）

すると、アイテムの情報が流れ込んできた。

【修繕キット】

アイテム修繕用の様々な道具が入った木箱。

これをアイテムボックスに入れておけば修繕コマンドが使えるようになる。

おお、どうにか入ったようだ。

「ウーム」

うなるような声が横から聞こえてくる。

見れば、壁に立てられかけた金属の棒のようなものをバハルーアが持ち上げていた。

その棒にも「▼」マークが表示されている。

なんだろう？

彼の近くに立ち、もう一度「調べる」と念じた。

【さび防止加工済みの鉄の棒だ！　ゴブリンたちにとっては伝説の武器だぞ！】

伝説って……。

確かに似たような鉄の棒はうちの集落でも父親と族長くらいしか持っていなかったが、少し大げさではないか。

手入れもいらず壊れにくいので、ゴブリンたちには最適な武器なのだろうが。

いや、でも、もしかしたら「さび防止加工」の部分が「伝説」なのかな……。

なんにせよ、この「▼」にも罠はなかった。

自分の住む家に罠を仕掛けるって馬鹿だしな。用心しすぎたようだ。ちゃっちゃと用事を済ませよう！

俺は大股で、部屋の一角にある、また別の「▼」の位置まで歩み寄る。

本の山が崩れ、床に乱雑にばら撒かれている場所だ。

ギシギシと床を軋ませながら歩き、予想通り無事そこまでたどり着く。

そして、そこでそれは起こった。

俺が「調べる」と念じようとした途端だった、足元でバキっという嫌な音が鳴り響いたのだ。

何!?　と思う間もなく浮遊感が襲う。

俺は転落していた――自分が踏み抜いてしまった床から、地下の部屋へと。

†

「大丈夫カー！」

頭上からババルーアの声が聞こえてくる。

大丈夫じゃないです……。

脆くなっていた床板を踏み抜いてしまったようだ。

何とか足から着地することはできたが、そのまま尻餅をついてしまった。

ケツから脳天に向かって、信じられないぐらいの衝撃が走ったよ。

「うん、大丈夫だよ……」

そうババルーアに片手を上げながら、ヨロヨロと立ち上がる。

上の階よりも、さらに暗く狭い室内。

どうやら一階と異なり、地下室の壁は石造りのようだ。

周りには、一階から俺と一緒に落ちてきていた本が、いくつか散乱していた。

そんな地下室にも二つの「▼」が表示されていた。

本の上には表示されていないので、一階で見た「▼」は多分、床が抜けそうだということを警告していたのだろう。

もしくは俺が手に入れるべき本が、一階に置かれたままなのか。

まあ、まずは地下の「▼」を確認するか。

と思っていると、いきなりドンっという大きな音がすぐそばで鳴る。

ビクっと驚いてそちらを見ると、ババルーアだった。

上から飛び降りてきたらしい。

右手には鉄の棒、左手には木の棍棒を持っている。

「フム。ココハ……喉ガ痛クナル」

彼が部屋の感想を言う。

ものすごいほこりが舞っているからな。

この地下室にもかなりたまっていたんだと思う。

俺が落ちた衝撃と、バハルーアが飛び降りてきた衝撃で舞ってしまったようだ。

……それにしてもリーダー格まで地下室に降りてきてしまって、上の階に戻るにはどうしたら良いのか。

階段とかある……よな？

そう思って辺りを見回すと、部屋の隅に階段があった。

あれで上の階に戻れるだろう。

とりあえず、マーカーだな。

二つのマーカーは、案山子《かかし》みたいなものの上と、戸棚の引き出しの上にある。

危なそうなのは、戸棚か。

「バハルーア、ちょっとあそこに立ってくれよ」

「ワカッタ」

「危ないかもしれないから気を付けてね」

だますつもりはないので、ちゃんと警告する。

歩み寄るバハルーア。

……特に問題なく、たどり着けたようだ。

彼の横に行き、「調べる」と念じる。

【この引き出しの中には面白いものが入っていそうだ！】

なるほど。

「バハルーア、ちょっとその戸棚の引き出しの取っ手を掴んで、引いてみてくれるかな？」

「ウン？　コレか？」

「気を付けてね」

リーダー格が取っ手を掴み、それを思いっきり引く。

中にはたくさんの小袋が積み重なって入っていた。その上に「▼」が出ているようだ。

小袋の山の横には、太いロープがクルクルと巻かれた形で置かれている。

そちらには「▼」は表示されていない。

俺は小袋を見て、「調べる」と念じた。

【この引き出し内にある全ての小袋には野菜の種が入っているみたいだ！　畑で野菜が育てられるぞ！】

おお、野菜の種か。これは嬉しい。

俺はその小袋を次々とアイテムボックスに入れていった。

なんの種が入っているか、どう育てるかの情報が頭に流れ込んでくる。

前世で聞いたことのある名前がほとんどだが、まったく聞いたことのない名前の野菜もいくつかあった。数は少ないが暗所でしか育たない作物もあるようだ。

最後に、何かに使えるかもしれないと一応ロープもアイテムボックスに入れておく。

「▼」が表示されていなくても、面白そうなものがもっとあるかもしれない。

一通り重要アイテムを確認したら、それも探してみよう。

あと確認するのは、あの案山子か。

罠はなさそうだが、油断はせず、ハルーアを先に向かわせる。

問題ないのを確認し、俺も近くに寄った。

念じる。


【これは案山子だ！　畑に設置することで、野生動物から作物を守ることができるぞ！】

ゲーム中にもあったアイテムだ。

ずいぶんとほこりっぽいが、外の畑に立てるものだから問題はないだろう。

アイテムボックスには……入らないか。

ゲームに出てくるものは、最初人形サイズの小さな案山子だった。

畑に置くことで、それが一瞬で大きくなり、普通の案山子になるのだ。

これもそんな感じだったらアイテムボックスにも入ったんだろうけれど。

護衛役のババハルーアには、動きが鈍くなる荷物を持たせたくない。

俺は自分の身長より大きな案山子を担ぎ上げることにした。


地下室を調べ終えると、俺たちは階段から一階へと戻る。狭い階段だ。あちこちに案山子をぶつけながら、苦労して上っていく。だが上りきったところにある扉が閉まっていた。

手がふさがっていて、開けにくい。仕方ないな。

「ババハルーア、この扉、開けてくれない？」

俺は扉を、アゴで差し示す。

「ウン？　ア・ケ・ル？　コノ木ノ板カ？」

ババハルーアが扉を指差した。

「そう。お願い」

俺は、そう言ってうなずいた。

「ワカッタ！」

ババルーアが俺の横を抜け、扉の前までトコトコと階段を進む。

そして右足を上げると、そのまま扉に前蹴りをかました。

ものすごい音がして扉が吹き飛び、一瞬でバラバラに壊れる。地味に階段が揺れた。

「アケタ！」

ババルーアが良い笑顔で言った。

……もしかしたら扉の開け方を知らなかったのかもしれない。

後で扉の開け方を教えてあげよう。


壊れた扉を抜けると、そこは最初の部屋だった。

一つだけあった扉は、地下室へと続いていたらしい。

トイレか何かだと思っていたんだが。ここの住人はどこで用を足していたのだろうか？

崩れ落ちた壁の向こうから、ババルーアの母狼が、心配そうに覗いていた。

何故か俺の弟妹狼の一匹をくわえていた。妹の方だ。

弟のほうは、彼女の足元で尻尾を振りつつ、静かにこちらを見ている。

ババルーアの母狼は、この家の中に入ることを嫌がっていたからな。

音か何かに反応し、廃屋に飛び込もうとした妹狼を止めてくれたんだろう。

彼女たちから視線を外し、俺は、さっき踏み抜いてしまった床板のあたりを見る。

本が散らばっているが、そこに「▼」は出ていない。

やはりさっきの「▼」は、床が抜けるから気を付けろという警告だったんだろう。

そう言えばかつて、毒沼のど真ん中に『毒沼注意！』と書かれた看板が立っているゲームもあった。看板の文字を読むために、毒沼の中に入っていかなければならないのだ。

そういう類のジョークなんだと思うが、現実でやられるとたまったもんではない。

……いや、もしかしたら「▼」の情報を表示させられるギリギリの距離で立ち止まって調べていれば、警告を読み取れた可能性もあるか。

何も考えず「▼」に接近してしまったのは間違いだったかもしれない。

反省しつつ左右を見回す。

布が落ちていた棚とは反対側に机があり、その上に弓のようなものがいくつか置かれている。さらに釣竿のようなものも立てかけられていた。

一本の棒のような何かの上と、複数ある弓の上、そしてその釣竿の上に、「▼」が出ている。室内の「▼」はこの三つで全てだ。

俺が立つ場所からけっこう近いので、先ほどの反省を踏まえ、試しにこの距離から「調べる」と念じてみた。

【これは作りかけの子供用の弓だ！　不思議な素材でできているぞ！】

【これは子供用の弓だ！　ゴブリンにも使いやすい大きさだ！】

【これは釣竿だ！　エサを付ければ魚が釣れるぞ！】


情報出ちゃったよ。この距離で大丈夫なら、先ほども床板を踏み抜くことはなかっただろう……。

実は自分って馬鹿なんじゃないかと、ちょっとショックを受けた。

†

ガックリしつつ、俺は机に近付いていく。

案山子を壁に立てかけ、机の上にある作りかけの一つの弓と、多分完成している四つの弓を手に取る。

作りかけの弓と言うが、棒のようにしか見えない。『作り始める前の原材料』と言われた方がしっくりくる。

矢が入った筒も二つあったので、それと一緒にアイテムボックスに仕舞った。


【作りかけのおもちゃの短弓】

勇者の導き手、隠者クラウシスによる作成途中の子供用の短弓。
この聖木の枝には、いまだ生命力が残されている。

【おもちゃの短弓×4】
勇者の導き手、隠者クラウシスにより作られた子供用の短弓。
何の素材でできているかは謎とされる。聖属性を持ち、魔を祓《はら》う効果がある。
子供用だが充分実用に耐え、愛用する冒険者もいる。

【矢筒（10本入り）×2】
しっかりした作りの矢筒。矢が十本入っている。

勇者なんて存在がいるのか。
この導き手って人が、ここに住んでいた人なのかな？
そんなことを考えながら、釣竿も仕舞う。

【ただの釣竿】
リールもウキもない、釣針と糸と竿だけの釣竿。

虫などのエサを付け、魚を釣るのに使う。

こちらは普通の釣竿だった。

弓も釣竿も、ゲーム内に似たものが存在していた。

ゲームの仕様がどこまで残されているのか、それによって使い勝手もずいぶん違ってくるアイテムたちだろう。

ゲームでは、弓なんかは盾を装備したまま使うことができた。

発射ボタンを押すと、持っている武器と盾が消え、弓を射るアニメーションが表示されるのだ。

消費アイテムとして用意された槍みたいなものを、矢のように放てる弓もあった。

この世界でどうなっているのか、気になるところだ。

ゲームの釣竿は、エサが必要ないという不思議な仕様だった。

代わりに十回釣りを行うと、一ゴールド減るという謎設定があった。

素直に疑似餌《ぎじえ》でも使っている設定にすれば良いのにと思ったものだが。

釣竿を十回使う前にマップを切り替えると、カウントがリセットされるようで、それを生かしてゴールドを消費せず、延々と釣りを続けることも可能だった。

ゲームの仕様と違い、この釣竿はエサを付ける必要があるとのことだから、適当に虫でも見つけて針に付けなくてはならないな。

一度もやったことがないので少し不安だった。


辺りを見回す。

これで家の中に出ている「▼」は全て確認した。漏れはないはずだ。

ババルーアが外に続く扉を見ながら、何か考えているようだが……。

……後で彼に扉の開け方を教えなければな。

そう思いながら案山子を抱え、家の外へ出る。

入ってきた場所の反対側も壁が崩れ落ちていたので、そちらから出てみる。

こちら側の外には……「▼」マークはないようだ。

どうやらこの家にある重要アイテムは一通り手に入れられたようだ。

できれば家の外は、もう一度グルリと回りたいところだが。

ロープみたいな「▼」が表示されていないアイテムも探したい。

そんなことを考えていると、横から足音が聞こえてくる。

駆け寄ってくる俺の弟妹狼たちと、それを追いかけるババルーアの母狼だった。

案山子を置き、両手を広げて弟妹たちを出迎える。

家の中に入ればババルーアの母に止められるので、外を回ってここまでやってきたのだろう。

やっぱり、うちの弟妹たちは頭が良い。

この歳でこんなに頭がいいのだから、将来ドコまで賢くなっちゃうんだろー。

なんて思いながら彼らを撫でくり回していると、俺の背後、家の中からバハルーアの叫び声が聞こえてきた。

「アケル！」

次に、何かを蹴破ったようなドンという大きな音が響く。

何ごと⁉　と思い背後を振り返ると、家がぐらりと大きく揺れている。

このログハウスは床が抜けるほど朽ちていて、外壁も崩れていた。

確か俺が外に出る直前、バハルーアは、外に続く頑丈な扉をじっと見ていた。

理由はわからないが、彼は開ける必要のないその扉を開けようと、蹴ってしまったのだろう。

ログハウスは彼の馬鹿力に耐えられなかったらしい。

目の前で、激しく軋みながらゆーっくりと家が傾いていく。もはや止めようがない。

そして木と木がぶつかる大きな音、舞い上がる塵《ちり》。

腐りかけながらも踏ん張っていたその家は、こうしてペッシャリと潰れることになったんだ……。

倒壊した家の向こう側から、「ギャッギャ」と騒ぐゴブリンたちの声が届く。

俺は口をあんぐり開けたまま固まっていた。

バハルーア、君は何を考えているのか。

それからゴブリン皆で、崩れた木材などを撤去することになった。

半分意識を失いうめき声を上げるリーダー格を木材の下から発掘したときにはすでに俺もヘトヘトで、他のことをする余力は残っていなかった。

倒壊した家の周辺を軽く見て回った後、案山子を持って皆とともにおとなしく洞窟に帰ることにした。

リーダー格は、他のゴブリン二体に担いでもらった。

彼が持っていた鉄の棒が少し離れたところに転がっていたので、アイテムボックスに入れておいた。

人間から奪った木の棍棒だけは何故か気絶しながらも手離そうとしなかったため、彼に縛り付け、落ちないように運んでもらった。

鉄の棒は、洞窟に帰った後、リーダー格の傍らにでも置いておけばいいだろう。目が覚めれば勝手に持っていくと思うから。

今日手に入れたものの調査などは明日以降だ。

さすがに疲れすぎた……。

第六章　ゴブリンに転生したけど、強くなる

そして翌朝。
洞窟の外から聞こえてくる聞き慣れない音で目が覚めた。
前世で聞いたことがある音だ。これは、雨音か？
ゴブリンたちの騒ぎ声も聞こえる。
今日は弟妹狼が、いつにもまして俺に体を引っ付けている。
少し肌寒いので、そのせいだろう。
俺が起きると、弟妹も起きる。寝ていてもいいのに。
起こしてしまった弟妹たちと一緒に、洞窟の外の様子を見に行くことにした。
雨は、大雨というほどではないが小雨というほどでもない。
子ゴブリンたちが、はしゃいで雨の中を走り回っていた。
今世で初めて見る雨だった。
彼らにとっても、生まれて初めての雨なのかもしれない。

昨日家の下敷きになったリーダー格も、皆の中心ではしゃいでいる。

一体の子ゴブリンの足を掴み、振り回していた。

その様子を見る限り、リーダー格に怪我はないようだ。振り回されている子がいろんなものに頭をぶつけているが。

あの倒壊に巻き込まれて怪我一つないとは頑丈だな……。

まあ、無事なようで何よりだけど。

そう思いながら、俺は足元の弟妹狼たちを抱える。

そしてゴブリンたちに巻き込まれないよう、急いで洞窟の奥に引っ込んだんだ。

†

洞窟内の泉まで避難してきた。

ゴブリンは皆、外で遊んでいるのだろうと思っていたが、泉には先客がいた。

小さな子ゴブリン。丸太を運んでくれたり、俺の代わりに火を着けてくれた、あの器用な子ゴブリン君だ。

確か名前は……エメルゥだったかな？

「エメルゥ、ここにいたんだね？」

彼はコクリとうなずく。

「今、外、危ナイ」

リーダー格が暴れまわっているからな。巻き込まれたらたまらない。しばらくは離れているべきだろう。

同じような考えの彼に親近感を抱きながら、俺はうなずいた。

「確かに、そうだね」

「君モ、逃ゲタ？」

うちの集落のゴブリンが、「君」という二人称を使うのは珍しかった。

ほとんどは名前で呼び合うか、そうでない場合は「お前」を使う。

皆ごく普通に親しみを込めて「お前」と呼んでいるようだが、ゴブリン語の「お前」は本来、相手に対して攻撃的な意味合いを含む単語なのだと父に教わった。うちの集落独特の方言なのだろう。

「いや、ちょっと釣りを試してみようとね」

本当は逃げてきたんだが、ちょっと見栄を張ってみる。

もっとも、昨日、謎の廃屋で手に入れた釣竿で、魚釣りの能力を確認したかったという思いもあったので、まったくの嘘でもないだろう。

「ツ・リ？」

エメルゥが首をかしげている。彼は釣りを知らないらしい。

まあ、見せればわかるだろうと、アイテムボックスから釣竿を取り出した。

釣り針は付いてるが、ウキもリールもない地味な釣竿だ。

さて、エサは、どうしようか。

確か以前、調理できるかどうかを調べようと思い、例の虫を一匹アイテムボックスに入れていたか。

あれで良いだろう。

早速虫を取り出し、一センチぐらい肉を千切る。

それを釣り針に付け、泉に放り込んだ。

……そう言えば、ここ魚とかいるのかな。

魚影とか見たことないんだけど。

そんなことを考えていたら、いきなり釣竿がしなり始めた。

ずいぶんと掛かるのが早い。

俺が気付かなかっただけかもしれないが、魚がエサをつんつんしていた感触もなかったはずだ。

いろいろとステップを飛ばしている気がする。

驚きつつも、苦労して重くなった釣竿を上げる。

予想通り。そこには見事な魚が掛かっていた。

「スゴイ！　さかなダ！」

エメルゥが興奮したように叫ぶ。

フム、俺の父と同じように、彼も魚を知っているのか。

「魚を知っているんだ」

「知ッテル。父、ヨク、捕ッテタ。オイシイ」

へー。罠とかで捕ってたのかな。ゴブリンができる気はしないけれど。

すると、エメルゥが情報を補足してくれた。

「手デ、捕まえテタ。オイシイ」

……うん、余計わからなくなったよ。

というか、彼が物欲しそうに魚を見ているのが気になる。

川魚とかを生で食べる場合、寄生虫対策で凍らせたりすると聞いていた。海の魚に比べ、川魚の寄生虫はヤバイとも。

だがここ凍らせるなんてことはできないからちょっと心配だ。

……だが、まあ、大丈夫か。感染しても、どうせゴブリンだし。

「食べるか？」

「食ベル！」

生の魚にかぶりつく彼を横目に、俺は虫を千切り、また針の先に付ける。

それを泉に放り込もうとして、異変に気が付く。

……あれは、なんだ？
泉の一角に、「▼」のマークが出ている。
調べるべきものがあるということか。
ふむ、なんだろうな。
俺が近くに行き「調べる」と念じるとウィンドウが出てきた。

【ここで珍しいモノが釣れそうだ！】

なるほど。
そう思いながら、その場所に釣り糸を垂らしてみる。
獲物が食いついたのは、すぐだった。竿が一気にしなる。
ウィンドウの通り、これは大きそうだな！
俺は力いっぱい重くなった竿を引き上げる。
「ドッセーイ！」
掛け声とともに泉から出てくる糸の先。
そこにはキラキラと光る謎のペンダントが掛かっていたのだ。
どうやら、この世界のペンダントは泳ぐらしい……。

って、いや、そんな馬鹿な。俺は首を振る。

ゲームでも、泉や海の上に「▼」が表示されることがあった。そこで重要なアイテムが釣れたりするのだ。

多分、その仕様が生きているんだろう。

魚をかじりながら、エメルゥが近付いてくる。

顔を寄せ、ペンダントを不思議そうに見ていた。

真っ青のクリスタルのような石が嵌《は》められたペンダントだ。

触るとひんやり冷たく、鼻を近付けると水の匂いがする。

冷たい泉の中にあったからだろうか。

けっこうな力で釣り上げたペンダントだが、こうして手に持つといやに軽い。

何か特殊なアイテムなのか。

俺はアイテムボックスに、そのペンダントをしまってみることにした。


【謎のペンダント】

これは謎のペンダントだ。


アイテムの詳細がまったくわからなかった……。

ゲームでも、イベントアイテムや伝説級の武器、逆に呪いのアイテムなどは、確かにこんな表示になることがあったが。

「消エタ……」

ペンダントがあったあたりを見て、エメルゥがそんな呟きを漏らす。

呪いのアイテムだったら、ゴブリンに装備させてみればわかるかもしれない。

だが呪いの効果で、バーサーク化でもされたらイヤだな。

とりあえず、放っておくしかないか。

俺はペンダントをアイテムボックスに死蔵することに決めた。

釣りを続けてもいいけれど、廃屋で手に入れた他のアイテムも調べておいたほうが良いだろう。

よく考えたら、今魚を釣っても全部エメルゥに食べられそうだし。

弟妹たちも期待して見ているが、寄生虫が怖いので、彼らに未調理のものはあげたくなかった。

調べるなら、弓とか修繕キットだろうか。

案山子もあるが、雨の中、外に出ていかなければならないのはイヤだった。

修繕キットは「アイテムボックスに入れておくことで修繕コマンドが使えるようになる」アイテムだ。

ゲームにはそんな道具はなかったので、どうやって使えばいいかわからない。

とりあえず、「調べる」や「使う」コマンドと同じように、念じればいいのだろうか？

そんなことを考えながら、アイテムボックスの一覧を見て、修繕したいアイテムを探していく。

シャベルは、まだ問題ないだろう。

問題ありそうと言えば、これくらいかな？

俺はショートソードを取り出した。

人間から奪った武器の一つだ。

返り討ちにしたときに彼らの肉を切ったせいで、刃こぼれがひどかった。ノコギリの刃みたいだ。

無事なのは柄《つか》の部分ぐらいだが、そこに巻かれた布は返り血や肉片が飛び散ったせいで黒ずんでいる。

とりあえず、これを修繕してみるか。

俺は意識を集中し、言葉を発した。

「修繕！」

そう声にした途端、ショートソードがピカリと光る。

不思議とまぶしくないその光が収まると、刃こぼれも黒ずみも一切消えた新品同様のショートソードが俺の手の中に現れた。

新品どころか、何故か木製だったはずの柄が金属製になっているんだが……。

元の持ち主があえて木製に改造していたんだろうか。

木製より金属製のほうが強そうだから、問題はないのだけれど。

だが、これでゴブリンたちの武器をレベルアップさせることができそうだ。

†

「フシギ……」

エメルゥが修繕されたショートソードを見て、そんな声をもらしている。

気にするな。考えたら負けだ。

心の中で彼にそう声をかけ、俺はショートソードをアイテムボックスに仕舞う。

次に薪を取り出し、壁に立てかける。

そして少し離れた場所に立ち、短弓を引っ張り出した。

アイテムボックスを使えば、近接武器から短弓への切り替えは、数瞬でできそうである。

弓は、ゲームでは、装備さえすればボタンを押すだけで使えたアイテムだった。

だが俺は弓矢なんか触ったことはない。使い方なんかわからない……はずなんだが。

短弓を持ち、的となる薪を見ると、なんとなく構え方がわかった。

このまま弦を引き絞ればいいと直感がささやくが、矢を用意していない。

大丈夫なのか？

そう思いながらも、ささやきの通りに弦を掴む。

すると体から力が抜ける感覚とともに、手元に矢が現れた。
どこから来た……。
いや、確か廃屋で矢筒も手に入れていたはずだ。
そこから引っ張ったのかとアイテムボックスを見る。
……減っていないな。
ゲームでは【SP《スタミナ》】を消費することで、無限に矢を放つことができた。
その仕様が生きているのかな……。
俺の【SP《スタミナ》】消費で、矢が作られている可能性だ。
弦を引き絞る。
それと同時に、視界に黒い十字線が現れた。
これは――矢の飛ぶ方向か？
俺の構え方や矢の向きから割り出しているのだろうか。
最終的にどこに矢が刺さるのか、この黒い十字線が教えてくれるらしい。
これって必中なんじゃなかろうか。弓矢チート来ちゃった？
そう思いながら、十字線の真ん中を薪に合わせる。
「見えた。ここだっ！」
そんなかっこいい掛け声とともに、俺は矢を放った。

そして叫んだせいだろうか――手がぶれて、狙った場所とはぜんぜん違う方向へ矢が飛んでいった。

……ウン、叫んじゃったからね。

あれで手が、ちょーっとぶれちゃったかな……？

視界の端に映る、首を傾げるエメルゥを努めて無視し、俺は再度弦を掴んだ。力が抜ける感覚とともに、二本目の矢が現れる。

今度は無言で……当たれ！

矢を引き絞り、放つ。

やっぱり放ったときに手がぶれ、矢はあさっての方向へ飛んでいった。

結局、十回やって、四回しか薪に当たらなかった。

……うん、いいんだよ。俺は魔法使いになりたいって、ずっと思ってたんだから。ゲームでも遠隔攻撃は魔法メインだったしな！

そういうわけで、横で見ていたエメルゥに弓と矢筒をプレゼントし、俺は短弓のことはスッパリ忘れることにしたんだ。

気分転換に外の空気でも吸おうと、泉を後にする。

洞窟の入り付近なら濡れないはずだし、そろそろゴブリンたちの遊びも終わるころだ。

洞窟を進むにつれ、泉のせせらぎが遠のき、静かになっていく。

だが代わりに聞こえてくるはずの雨の音が聞こえない。止んだのだろうか？

すると、子ゴブリンたちが「ギャッギャ」と鳴き合う声が聞こえ始めた。興奮しているわけではないようだが。

外へ出てみると、雨は止んでいた。子ゴブリンたちが何やら空を指差している。見れば、虹が出ていた。

……虹を楽しむ情緒が、彼らにあるのか。

新鮮な驚きを感じながら、俺は雨上がりの空気を吸い込んだ。

うん、せっかく雨が止んだんだ。野菜の種でも蒔いて、畑に案山子を立てるかな。虫の切り株もどうにかしたいし。

一息つき、今日やりたかった作業を思い返す。

本当は洞窟に土を運び、暗所でしか育たないという作物を植えてみたかった。

ホワイトアスパラやモヤシの種などを手に入れていたのだ。

だが、土を運び込む手段がなかった。アイテムボックスにも、一旦袋詰めしないと収納できない。

土を運ぶ方法を思いつくまで、お預けにしておこう。

正直、ホワイトアスパラやモヤシの種は、外の畑に植えればグリーンアスパラと大豆ができそうな気がするんだが。

この世界ではホワイトアスパラとグリーンアスパラ、大豆とモヤシはそれぞれ別の植物らしい。

実際、俺はグリーンアスパラと大豆の種も手に入れていた。

こちらは明るい場所でしか育たないようだ。

前世では育て方が違うだけだったので、正直、カルチャーショックである。

そんなことを考えながら、その日、俺は外の畑に案山子を立て、廃屋で手に入れた種をいくつか蒔いた。


それらの野菜の種もすぐに発芽し、わずか三日ほどで収穫できるまでに育った。

大根などの場合、実が育ったあとも収穫せずに放っておくと、やがて花が咲き、大量の種が得られるらしい。大根が土から顔をのぞかせた翌日には、実全体が茶色く枯れたように変色し、そこに種が入った茶色いサヤのようなものがくっついていた。

これで二十個以上の種が確保できるようだ。

野菜で作れる料理は、「野菜サラダ」「焼き野菜」「野菜スープ」、そして「野菜の天ぷら」などだ。

食べた際のステータスの上がり方は、木の実などと同じ感じだった。

【精神】と【器用】の上昇をメインに、【体力】と【知力】も上がり、【SP《スタミナ》】も回復する。

とくに「野菜の天ぷら」は、油も衣も用意する必要がなく、何よりうまい。それに【精神】のステータスも上がるので、よく作った。

きのこも大体野菜と同じような感じの効果があるのだが、畑に置いても洞窟に置いても量が増えないので、調理することは控えている。

もしかしたら洞窟内に畑を作れたら、増えるのかもしれない。

いまだ大量の土を運ぶ手段がなく、試せてはいない。

それから、前世で聞いたことのない名前の野菜を育てるのも試せていなかった。

何しろ「爆発フルーツ」という名前のうえ、「美味で栄養価も高い。ただし爆発注意」などと説明されているからだ。「毒ガス大根」なんていう野菜もあった。「美味で栄養価も高い。ただし毒ガス注意」らしい。


反対に、たんぱく質を摂取できる料理はいろいろと試せた。

大豆料理、魚料理、肉料理、虫料理。どれも【ＨＰ】の回復効果があった。

畑で収穫できる大豆は、もっとも安定的に供給できる料理素材だ。

大豆からは、「煎り大豆」や「煮豆」、「大豆スープ」「納豆」「甘納豆」などが作れる。「納豆」は狼たちのお気に入りだ。

どの料理にも【精神】の〈中上昇〉に、【筋力】と【体力】の〈小上昇〉、【知力】と【敏捷】と【器用】の〈微上昇〉といった効果がある。

これらを一人前作るには、十粒～二百粒を消費する設定で、粒を多く使うほど、【ＨＰ】の回復効果が高いようだ。

泉や川で釣れる魚の料理も、安定供給ができそうだ。

いやに簡単にポンポン釣れてしまうため、少し自重してしまうくらいだ。

「天ぷら」や「フライ」「焼き魚」「魚スープ」といった料理が作れ、【敏捷】と【器用】の〈中上昇〉に、【筋力】と【体力】の〈小上昇〉、【知力】の〈微上昇〉などの効果がある。魚が大きいほど【HP】回復効果が高まるようだ。

狼や子ゴブリンたちがときどき持ち帰ってくる鳥やウサギ、イノシシ、ワニなどの肉類からは、揚げ物やステーキ、スープが作れた。

これらには【筋力】【体力】【敏捷】の〈中上昇〉の効果がある。鳥などの捕まえにくい獲物や、ワニなどの強い獲物ほど、【HP】回復効果が高い。肉類は他のタンパク質系料理に比べて、全体的に【HP】回復に優れているようだ。

虫料理も、大豆や魚ほどではないが安定供給できる可能性が高くなった。

先日雨が降った日の二日後、洞窟近くの森に置いておいた丸太に、大量の虫が湧いたのだ。

実はあれから、例の丸太地帯にあった丸太の半分以上を住処に運んでおいた。今では採り放題である。

虫は、揚げたり焼いたり、スープにもできる。【筋力】【体力】【敏捷】の〈中上昇〉という肉と同じ効果に加え、【器用】の〈小上昇〉もあった。【HP】の回復量は少なめだ。

それから、木の実や野菜、キノコの【SP《スタミナ》】回復や、果物の【MP】回復も、レアな素材や大きな素材を使うほど効果がアップするようだった。

レア度が高い場合は、食後数時間、【SP《スタミナ》】や【MP】の自然回復量も増えるようだった。

さらに、野菜と肉、また野菜と虫といった食材の組み合わせ料理も作れた。

ただレア度が高い素材を組み合わせて料理すると疲労感がひどかったので、基本的にあまり作っていない。


こうして、ここ二十日間ぐらいで、俺は自分とゴブリンたちのステータスを全体的に上げていった。

【筋力】が上がった結果、皆の体が全体的に太く、同時に引き締まったような気がする。

ゲームでは【筋力】を上げると【HP】も上がったが、この世界でもそうなのかはわからない。

ただ、ゴブリンの一体がバハルーアに投げられ、茨を持つ植物に突っ込んだのだが、傷一つついていなかったことがあった。

俺も試しにその植物の棘を指先で思いっきり潰すように握ってみたが、やはり傷はつかなかった。

もしかしたら【HP】の代わりに防御力が上がっているみたいなことがあるのかもしれない。

こんな風に、ゲームとは微妙に異なる仕様がちょこちょこあるのが謎だった。

【ＭＰ】の上昇が遅いのも、疑問だ。

今の俺自身も他のステータスに比べて【ＭＰ】が少なく、ようやく一番初歩の回復魔法が使えるようになったレベルである。

一方、仲間たちの【精神】や【知力】といったステータスは問題なく上がっているようで、今では料理が完成するまで、「待て」もできるようになった。

人間との敵対は危険だと俺が言えば、皆うなずくようになった。

皆が全体的に強くなっているし、俺の目標にも協力的なので、概ね今の生活に不満はない。

唯一、料理を夜に、しかも洞窟で作らなければならないのはしんどい。ここに火が使える生き物がいるということを人間たちに気付かれたくないからそうしているのだが、焚き火をすると煙がすごいことになってしまうのだ。

洞窟内でももっとも風通しの良い場所でやるようにはしているが、酸欠で死んでしまわないか、いつもドキドキである。


料理の保存さえできれば、調理回数も減って多少はマシになるのだろうけど、どうやら一度作った料理は、二日ほどしか持たない仕様らしい。

ゲームでは、持っている料理が腐ると自動で捨てられる設定だったが、この世界では、アイテムボックス内にあろうとなかろうと、チート料理として完成したものは、二日ほどで消えてしまう。

一度、アイテムボックスの外に出した料理が、溶けるように空中に消えていく様子が観察できた。

俺が弓矢のテストで作り出した矢なんかは、三日以上消えずに泉のそばに転がっていた。

料理も、そのぐらい持ってくれたら嬉しいんだけれど。

非常時の【ＨＰ】回復料理なども常備する意味があまりなく、そのうちその作業自体が面倒になってしまった。継続はしているけど。

ちなみに畑に立てた案山子が何かの役に立っているのかは、いまだに謎だ。

住処の周辺に鳥がいる様子はない。かつて住んでいた集落でも、鳥を見かけることはほとんどなかった。もしかしたら、他のゴブリンが鳥を食べたりしていたために鳥が警戒して近付かないのかもしれない。


いずれにしても、チート能力のおかげで、移住してからも俺たちは比較的安定的な生活を送れていた。

このまま痕跡をあまり残さず、ひっそりと生活していればよかったんだが……甘かったよ。

異変が起こったのは昨日だ。

いつものように数匹の狼を連れ、狩りに出かけたゴブリンたち。彼らが帰ってきたとき、その装備が一新されていたのだ。

手にはリュックなど見たことのない荷物。全員の服も新しくなっている。

彼らの中には、自分たちでは到底作れっこないブカブカの兜をかぶっている者がいれば、お前絶対歩きにくいだろうというブカブカの金属ブーツを履いている者もいた。

あの質、そして、あのサイズ。俺はピンときた。

あんなに言い聞かせていたのに……。

こいつら人間を襲ったんじゃないのか。

これはヤバイ、また人間たちに復讐されると思った俺は、毅然とリーダー格に問いかけた。

「ど、どどど、どど、どうしたの、それー？」と。

リーダー格は「虫カラ取ッタ。ガサガサの」という謎の発言。

さらに彼の後ろで、「アレ、人間じゃナイ？」「違ウ」「逃げてたホウ、人間、違ウ？」「……ウン？」という頼もしい発言をするゴブリンたち。

もっと詳しく聞こうとしたのだが、そこでエメルゥが突然「まだ、いた」と言い出し、荷物を置いて洞窟を飛び出ていくと、皆もそれを追いかけていった。

気付けば、エメルゥのために作った矢もなくなっている。俺が他のゴブリンに事情を聞こうとしている間も、彼は黙々と戦いの準備をしていたのだろう。

詳細を聞くヒマもなかった……。

帰ってきたら問い詰めねばならない。

――思えば前世の俺はチキンだった。

レンタルしたスプラッタ映画のあまりに血みどろヌチャヌチャシーンに、つい停止ボタンを押してしまい、二十分しか見ていないのにそのまま返却してしまったこともある。あの三百五十円はもったいなかった。

だが今は違う。

今の俺は、生きたウサギにもかぶりつけるし、その肉を食い千切ることだってできる。

俺は変わった。チキンではない。

格上の者に恐れることもないんだ。

必ず問い詰めてやる！

そう決意を固める俺の背後で、複数の足音が聞こえた。

どうやらゴブリンたちが帰ってきたようだ。

「グオーギガ！」

俺を呼ぶババハルーアの声が聞こえる。

今日の俺は一味違うぜ、リーダー格。

「なんだ」

冷たい声とともに、振り返る。

その問いに、ババハルーアは右手を上げて答えた。

「取レタ！」

――彼の右手は、手首から先がなく、青い血がピューピューと噴き出ていた。

どうやら俺は、今世でもスプラッタには弱かったようだ。

洞窟内に、「ぴゃーッ！」という一体のゴブリンの悲鳴が響き渡ることとなった。

†

小回復の魔法をかける。

千切れた手首からニョキニョキと肉が盛り上がり、見る間に形になっていく。

途中で【ＭＰ】回復料理を取り、さらに小回復の魔法をかけると、リーダー格の右手首は、完全に元通りになった。

「フム、完璧ダ」

右手をニギニギしながら、バハルーアが言う。

こいつは手が治る前も後も、まったくいつもと変わらない様子だった。

痛みに強いのだろうか。

「治ってよかったよ……。本当に……」

俺はリーダー格に、そう言った。

このレベルのダメージでも治っちゃうのか、とも思いながら。

実は以前、小指が千切れたゴブリンに、この魔法を使ったことがあったため、その程度の治療ならできると知っていた。

だが、手首まで再生できるとは思わなかった。

もしかしたらこのゴブリンたちは、トカゲの尻尾みたいに、魔法なしでも失われた部位が再生する体なのかもしれない。

実際、リーダー格の母狼の片耳も集落を襲ってきた人間との戦いで千切れていたが、同じ魔法をかけても再生はしなかった。

まあ、彼女の耳は失われてからかなり時間が経過していたから無理だったのかもしれないが、それでもゴブリンの回復力は相当なものなんだろう。

「で、何があったんだ、バハルーア？　人間と戦ったのか？」

「イヤ、違ウ。オーク、ダ」

オーク、ゴブリン語では「豚頭妖人《とんとうようじん》」と言っているが、俺はそれを「オーク」と訳している。ちなみに、前世のゲームでは猪頭のオークもいた。

「うん？　さっきは虫が相手だったみたいなこと言ってなかったっけ？」

俺の問いにエメルゥが綺麗なゴブリン語で答える。

「多分、死体を操る虫と戦った。人間の死体を操っていた」

彼は、みるみるゴブリン語の発音が上達している。

俺が彼に頼まれて人間の言葉を教えているせいだろう。その発音練習の効果が、ゴブリン語にまで波及しているのだと思う。

エメルゥが、何を思って人間の言葉を習いたいなどと言い出したのかは謎だったが。

「本当に『死体』だったのか？」

死体を操る虫なんて聞いたことがなかった。

俺の質問に、エメルゥが答える。

「少なくとも人間の言葉で話しかけても、返答はなかった。腹にいくら矢を打ち込んでも止まらない。心臓と脳を壊したら止まった」

うーむ、単に発音が下手で通じなかった可能性もあるけれど。

本当だったとしたら、なんで、そんなのが、この辺りにいるんだ……。

エメルゥの言葉に、俺は考え込んでしまう。

……まあ、今は情報を集めるのが先か。

そう決めた俺はリーダー格に問いかける。

「で、その右手も、その虫が操る人間にやられたのか？」

「イヤ、違ウ。オーク、ダ。オーク、追われてイタ。助けたら、攻撃サレタ」

エメルゥを見る。

「虫が操る死体が、オークたちを追っていた。死体を攻撃するために崖の上から皆で岩を落としたら、オークも巻き込んだ。こちらが彼らを攻撃したと思ったんだろう。オークたちと戦いになった」

「避《ヨ》ケロ、言ッタ！　避けナイ、オカシイ！」

リーダー格が反論している。

……避けろと言われて避けられる状況だったのかは不明だが、聞かないことにしよう。

リーダー格は、自分ができることなら他人にもできると無茶振りするタイプな気がする。

「結局、そいつらはどうしたんだ？」

リーダー格は一つうなずいて言った。

「配下にシタ！　今、外！」

俺が洞窟の外に出ると、ツタでグルグル巻きにされたボロボロのオークが、五体ほど横たわっていた。

傍らには、彼らのものであろう武器や荷物が積まれている。

他の狼と狩りに行っていた弟妹たちも帰ってきていたようだ。オークたちを鼻先でつんつんしていた。

……あー、どうしよっかな。

とりあえず【ＨＰ】が回復する料理でも出して、好感度上げとくか？

第七章　ゴブリンに転生したら、厄介ごとに巻き込まれそう

「イヤー、助かったっす！　まさかゴブリンさんに助けられるなんて思わなかったっす！」

洞窟の外。

ゴブリンに囲まれながら、ヘコヘコと巨体のオークが頭を下げる。

ゴブリン語をしゃべっているが、これは彼らの言語でもあるらしい。

オークの体躯は、前世にいた相撲取りぐらいの大きさだろうか。もしかしたら、相撲取りより大きいかもしれない。

肉のつき方も似たような感じだ。

ゴブリンは子供ぐらいの大きさで、俺はその中でも小さいほう。しかも成長途中だから、かなり体格差がある。

そんな小さな生物に、大型の生物がヘコヘコと頭を下げる様は、さぞや奇妙な光景だったことだろう。

足元の弟妹狼たちも、彼をものめずらしそうに眺めていた。

「ここらへんに、オークがいるのは珍しいよな？」

俺は目の前のひときわ巨体の大きなオークに聞く。

少なくとも前に住んでいた辺りにオークの集落があるという話は、父親からも聞いたことがない。

「いえ、ゴブリンさんのテリトリーに入らないだけで、けっこう昔からこの辺りに住んでいたんですが……」

おう、そうだったのか。

「今回はゾンビ虫に追われましてね。やつら動きも早いしなかなか死なないし、連携も取るしで、逃げてきたんです」

「ゾンビ虫なんてのがいるのか……」

俺は感心してうなずいた。

エメルゥやリーダー格の言っていた死体を操る虫とやらのことだろう。

「いえ、それはあっしが、勝手につけた名前ですから。実際の名前は知りませんが」

けっこうテキトーだな、オーク……。

しかし、なんでそんな虫が現れたのか。どこかで異常繁殖でもしたのだろうか。

「勝手につけたってことは、昔からいた虫ではないってことか？」

「ええ、あっしらも、つい三十日ぐらい前までは知りませんでした。銀色の狼に乗ったゴブリンさんが逃げてきましてね。その方から聞いて初めて知った次第です」

「銀色……？」

俺の母狼も銀色だったため、なんとなく気になってしまう。

「ええ。といっても狼もゴブリンさんも血だらけでしたから、本当に銀色だったかどうかはなんとも言えませんが。今考えれば、あの死体の群れから逃げてきたんですから、ずいぶん強い戦士だったんでしょうな。鉄の棒を持っていました。怪我がひどくて、あちこち折れているようでしたが」

鉄の棒を持っていたのか……。

俺の父親の武器は、鉄の棒だった。

うちの集落では、族長と父しか持っていなかった武器だ。

その銀色の狼に乗ったゴブリンがオークの集落に現れたのが一ヶ月ぐらい前。

ゴブリンの集落が襲われたのも一ヶ月ちょっと前ぐらいだったはずだ。

胸が、ドキドキする。

「……そのゴブリンと狼は、どうなったんだ？」

「うちの集落が襲われたときに、一緒に逃げました。ゴブリンさんは途中、頭を砕かれていましたから、死にましたね。狼の方は知りませんが」

オークは、肩をすくめて続ける。

「もともと人間から逃げていたところを、ゾンビ虫に襲われたと言ってましたから。怪我がひどかったんすよ。狼も、敵がいるのに死体を落とさないように走っていましたからね。足が遅くなって、虫や死体に追いつかれていました。多分――」

オークは首を振った。

生き残れなかった、ということだろう。

父と母、だったのだろうか？

「そのゴブリンは名乗ったのか？」

「いえ、名前は聞いていません」

そう答えたオークは、首をかしげて尋ねる。

「ずいぶんと気にしているようですが……お知り合いっすか？」

オークの問いに、俺はただ首を振った。

父と母といってもゴブリンと狼だ。

彼らが死んだと知っても、特に何も思わないだろうと思っていた。

だが俺は、どこかで彼らが生きていればと願っていたのかもしれない。想像以上に動揺してしまっている。


人間たちの持つ犯罪者を探知する魔法のことを父が知っていたかはわからない。

しかし、もし彼がその存在を知っていたら、きっと俺たちのところに来ようとはしないだろうと俺はこれまで考えていた。安易にここに近付けば、追っ手まで導いてしまうから。

だからどこかで俺は、父と母は生きていて、俺たちを避けるように森をさまよっているんじゃないかって、考えていたんだ。

とはいえ、もしオークの言う狼とゴブリンが両親かどうかを調べる術があっても、俺は、本当のことを知ろうとは思わないだろう……。

†

洞窟近くにある木の根元の土を、何回かスコップで刺す。

すると、ピカッと光り輝き、瞬く間に柔らかい土に変わった。

それを何度も木の周囲で繰り返す。できるだけ広く、深く。

……このぐらいで良いかな。

「良いぞ。引っ張ってくれ」

俺はエメルゥの横に立つオークに言った。

「ハイっす」

オークが返し、俺の腰の倍ほどの太さがある木を両腕で抱え込む。

「フヌーッ！」

やつの、そんな掛け声。

ブチブチと根っこの千切れる音を立てながら、木がゆっくりと引き抜かれていく。

——こんなやつらに、よくうちのゴブリンどもが勝てたもんだ。

筋肉が盛り上がり、さらに一回り大きくなったようなオークを見て、そんな感想を抱いた。

「ドッセーイ!」

引き抜いた木を放り投げるオーク。

メキメキという枝の折れる音とともに、土ぼこりが舞った。

足元の弟狼が、大きな音にビビったのか、少し後ずさった。

「グオーギガさん、これスゴイっすよー! 土が柔らかくなったおかげで、木を引き抜くのがすごく楽です!」

驚きの表情でオークはそう言う。

いや、普通は土の柔らかさに関係なく無理だから……。

俺は、そんなツッコミを脳内でした。

一応、俺の能力なら、どのくらい深くまで柔らかくするかもある程度コントロールできる。この木に関しても、かなり深くまで柔らかくなったはずだ。

それでも前世の俺が、この木を素手で倒したり、ましてや引き抜くなんてことはできないだろう。

木を引き抜いたオーク——ジィアという名前らしい——が、他のオークに指示を出す。彼がオークたちのリーダーのようだ。

「よし、木を持っていってくれ」

「「ハイっ！」」

二体のオークがその木を抱え、洞窟のほうへと運んでいく。

ジィアは、命令を出し慣れている様子だ。

この親分肌のジィアが、最初に会ったときにヘコヘコと頭を下げてきたオークと同じとは、とても思えない。

「時間と材料さえあれば、石壁にするんですけどね」

そう言うジィア。

俺たちは今、洞窟の周囲に木や土のバリケードを作ろうとしていた。

目指すはそれなりに本格的な木の城壁と言えるほどの壁だ。

オークたちは頑丈な石壁にしたいようだったが、エメルゥが穴を掘ったり木を抜くほうが早いと主張し、今の形になった。

ゴブリンたちがオークに道具などを借り、作業の手伝いをしていた。

「というか本当に、そこまでする必要があるのか？」

「ええ。ここは、まったくゾンビ虫の影がないですけどね。周囲はひどいもんですよ」

ジィアがそう答える。

俺がエメルゥを見ると、彼もコクリとうなずいた。

虫対策なのか、常に弓矢を持っているし、確かに警戒している様子だ。

一度もゾンビ虫とやらを見たことがないので実感がないんだよな……。

この洞窟周辺以外は、その死体を操る虫と、操られた死体で、いっぱいらしいのだが。

「もしかしたら、これは本格的に魔王でも現れましたかねー」

楽しそうに、ジィアが言った。

なんで、こんなに楽しそうなんだ、コイツは……。

俺は別の木の周りにシャベルを刺しながら尋ねる。

「魔王ってことは、それを倒すための存在とかも現れるのか？」

「えぇ、勇者さまが現れるでしょうねー。そしたら戦争っすよ。傭兵のおいらにはありがたいっす」

魔王の傭兵か……。

魔王って聞くと、勇者に討ち滅ぼされるのが役目、みたいな印象があるんだが。

そんなやつの傭兵をするって危険じゃなかろうか？　どう考えたって負ける側である。

俺はジィアに尋ねる。

「負け戦に参加するってことにならないか？」

「……いえ？　可能なら、勝ちそうな方に参加するっすよ？　儲けられそうなほうでもいいですけど」

……ん？

えっと。勝ちそうな方に参加するってことは、どっちの側にも参加できるってことか……？

「あー。もしかしたら、勇者側の傭兵にもなれるのか？」

「ええ、もちろん。あっ、ただ、人間至上主義の国の勇者だとダメかもしれませんがね。それ以外の国なら大丈夫ですよ。実際よく雇われていますし」

……本格的な傭兵さんなのか。

こいつら、思ったより文明的な豚だな。

俺の能力を見せたのは間違いだったかもしれない……。

最初にこの能力を見せたときとか、いやに大げさに驚いていたし。

シャベルを刺しながらそんなことを考えていると、ジィアが声をかけてきた。

「あっ、そのぐらいでいいっすよ。多分、もう抜けると思うっす」

彼がまた木を抱え込む。

筋肉を盛り上げながら、ジィアが一気に木を引き抜いた。

放り投げられた木は、枝が折れる音と土煙を立てて転がる。

ジィアがまたオークたちに指示を出してその木を運ばせると、言葉を続けた。

「グオーギガさんたちも、参加すれば良いんすよ。多分、規律正しいゴブリン部隊ってだけで珍重されますよ。飯も食えますし、金ももらえるんです」

うーむ。戦闘は嫌いだが、今よりも文明的な生活ができるのは嬉しいな。

だが、能力の件もあるし、それに……。

「なんか、犯罪者を探知する魔法があるんだろ？　そもそも町に入れないんじゃないか？」

「大丈夫っすよ、どこの国でも犯罪者で編成された部隊はありますからねー。俺がオススメの国なら、傭兵として参加すれば、大体免罪されます。聖国とかは厳しいらしいですが。あそこは人間至上主義の国ですからねー」

父のギーガは、人間の国には絶対に近付くなと言っていた。

特に、ゴブリンを目の敵にし、見れば殺そうとしてくる人間ばかりのリーア聖国。

それとゴブリンを戦争用の奴隷として酷使し、肉の壁ぐらいにしか思っていないリグキス帝国。

二国ともこの森の近くにあるそうで、危ないんだそうだ。

多分、ジィアの言う人間至上主義の聖国とやらが、リーア聖国のことだろう。

「戦闘は嫌いだが、興味はあるな。なんていう名前の国なんだ？」

「リグキス帝国っす！」

おい、ゴブリンを肉壁としか見てない国の名前じゃないか。

「……お前、俺を騙そうとしてないか？」

「殺すか？」

俺の言葉に、エメルゥがすぐさま反応した。

弓矢を構える。

「ちょっ！　何を言ってるんすか、グオーギガさんんッ！」

豚が悲鳴を上げる。

そんな彼を放置しつつ、俺は次の木に向かい、周囲の土を柔らかくしていく。

「ちょっ、ヤバイですから！　本当に、この方ヤバイですから！」

ジィアが真剣に訴えてくるので、俺は仕方なく、エメルゥに弓を下ろすよう指示した。

すると、エメルゥはコクリとうなずき――ジィアに矢を放った。

「ヒィッ！」

……矢は悲鳴を上げるオークの頭上スレスレをかすり、飛んでいった。

俺までビビッてしまった。

「……それにしても、なんで、ここはゾンビ虫がいないいんだろうな」

空気を変えようと、違う話題を振ってみる。

だが、ジィアは口をパクパクしたまま固まっていた。

矢が自らの頭の豚毛をかすって飛んでいった恐怖から、回復できないようだ。

それを見て、エメルゥが首をかしげて言う。

「答えない……？」

そして、次の矢を取り出し弓に番《つが》えた。

「答えます！　答えます！　えーと！　多分、賢者クラウシスさまが住んでいらっしゃるからではと思います！」

引き絞られた弓がキシキシと音を立てる中、ジィアが答える。

クラウシス……。

確か、エメルゥの持つ弓の作成者の名がクラウシスだった。

勇者の導き手、賢者クラウシス、だったかな。隠者だった気もするが。

「勇者の導き手の、……賢者だっけ？」

「そうっす！　ここらへんに住んでいるというのは噂でしかありませんが！」

「導き手ってことは、あー、勇者の教師でもしてるのか？」

……ビクビクされながら答えられるのも面倒だ。

俺はエメルゥに、弓を下ろすよう手で伝える。

エメルゥは一つうなずいて、今度は普通に弓を下ろした。

ジィアは、ほっとした様子で答える。

「そんな感じっす。大昔は精霊さまたちが勇者を導いていたそうですが、力が弱くなっているのか、精霊さまの声が聞こえない勇者ばかりになってしまいましてね。いつのころからかクラウシスさまがお導きになるようになったんだそうです」

そしてジィアは補足の情報を伝える。

「不老の賢者さまですね」

精霊ね……。

父から精霊の話は聞いていたが、彼は半信半疑だったかな。

この世界では、直感なんかの源は精霊だと信じられているとか。

彼らに好かれていたり守護されている者は、直感が冴えわたるようになるらしい。

勇者とやらも精霊に守護されていそうだから、それが本当なら、直感力は強そうである。

「でも、なんで、その賢者さまが住んでいると、ゾンビ虫が近寄らないんだ？」

廃屋に住んでいたのがそのクラウシスなら、今はもういない可能性が高いな。

そう思いながら俺はジィアに聞いた。

「クラウシスさまは破邪の力を持っていますからね。賢者さまは、邪悪なものの力を弱め、動植物を強くする結界を張れると聞いています。それが張ってあるんじゃないかと思うんですが。この間も言いましたが、ゾンビ虫も、この辺りに近付くほど弱くなっている感じですし」

うーむ、よくわからんな……。

まあ、このへんのゾンビ虫が弱いとジィアから聞いていなかったら、ここに篭城しようとも思わなかっただろう。

とりあえず、土を柔らかくし終えた俺は、ジィアに木を抜いてくれと合図し、続けざまに尋ねる。

「邪悪なものを近寄らせないって言うが、ゴブリンは邪悪じゃないのか？」

「一般的には邪悪なんですがね……」

そう答えたジィアは木を掴むと、威勢の良い掛け声とともに引き抜いた。

「あー、ちょっと、バリケードの出来も見たいんで、あっちに行っても良いっすかね？」

ジィアが、そう言ってきた。

洞窟の周囲に、抜いた木や土、ツタなどによる壁が少しずつ築かれている。

ゴブリンたちにそんな技術はないので、メインで作業しているのはジィア配下のオークたちだった。

どんな風になっているか、気になってはいた。

「俺も見に行くわ」

「うぃっす」

巨体のオークは抜いた木を肩に担ぐと、作業場所に向かって歩き始めた。

さっきまで二体のオークに運ばせていたものを、こいつは一人で持てるようだ。

信用できるかはまだわからないが、このジィアという名のオーク、かなり力が強いらしい。

さすがオークたちのリーダー格、と言ったところか。

バリケードに向かって歩きながら、俺はジィアと会話を続ける。

「あー、もし魔王とやらが現れていたとしたら、あれかな。今、そのクラウシスさんは、勇者となるべき人物を探しに行ってるのかな？」

「そうですねー。水の大精霊さま、えーと、ウンディーネさまが、勇者となるべき人間やエルフなんかに、勇者のペンダントを授けているはずですから。その方を探しているんじゃないですかね」

……ふむ。

ペンダントというのが、すごく引っかかる。

俺は洞窟内の泉で、謎のペンダントを釣り上げていた。

アイテムボックスに入れても「謎のペンダント」としか表示されないアイテムだ。

「そのペンダントというのは、どうやって勇者に授けられるんだ……？」

「大体は、ウンディーネさまの用意される試練の迷宮で授けられるそうですね。突破すると、ウンディーネさまが首に掛けてくれるんだそうです」

『大体は』ということは、試練の迷宮以外で手に入れる可能性もあるわけか……。

ジィアにはすでに何回もアイテムボックスを使用するところを見せてしまっていたので、今更隠す意味もない。俺は、堂々とペンダントを取り出した。

「そのペンダントって、こんなんじゃないよな？」

「……綺麗なペンダントですね。不思議な力も感じますが……」

思ったとおり、アイテムボックスへの反応はなかったが、どうやらペンダントのほうに魅了されてしまったようだ。

左右に振ると、やつの顔も左右に振れる。面白い。

しばらくそうしていると、横でキシキシ、という音が聞こえてきた。

なんだろうと見ると、エメルゥが、俺に答えを返さないオークに向かって、弓の弦を引き絞っているところだった。

「ち、ちちち、違いますよっ！」

同じタイミングで気付いたジィアが、慌てて俺への答えを返した。

「ゆ、勇者のペンダントはレプリカが出回っていますからねっ！　こんな形です！」

ジィアは着ていた服の下から、首に掛けていたペンダントを取り出す。

それは銀色の、羽の形を模したペンダントだった。

「ほう……。カッチョいいな」

ジィアの首にかかったそれを見ながら言う。

二枚の翼、天使の羽を思わせる形だ。

この世界にも、天使の伝説があるのか？

それとも本物がいるパターンだろうか。

「形だけじゃなくてですね、遠隔攻撃からの守りを高めてくれる魔法のアイテムなんですよ」

ジィアは自慢げに言う。

「この形自体に魔力が宿るみたいでして。同じ形のペンダント型アイテムはよくあるんです」

そうなのか……。

「勇者のペンダントと違って、取り外し自由なんですけどね」

「ん？　勇者のペンダントは、一度付けると取り外せないのか……？」

「なんか、そうらしいっすね。ウンディーネさまがつけてくださると、使命を果たすまで肌に張り付いて剥がれなかったりするそうですよ。使命を放棄しようとすると、電撃が流れたりするとも聞きます」

……呪いのアイテムじゃねーか。

「それにしてもグオーギガさんの、そのペンダント、すごいっすね。不思議な力を感じますが、どんな効果があるんですか？」

「んー。わからんな。謎のペンダントだ」

「見た感じ、悪いものじゃなさそうですけど……」

そう言うジィア。

「わかるのか？」

「鑑定のギフト持ちですからね。しばらく身につけていれば、ある程度はわかります。そのペンダントは気になりますね……」

ギフトね。そんなのがあるのか。

「便利な能力を持っているんだな」

俺は、そう言いながらジィアを見る。

どうも、ペンダントを鑑定したがっている様子だ。

ある程度の期間身に着ける必要があるらしいが、タダで鑑定してくれるならラッキーだろうか。

騙し取られても、もともと死蔵する予定だったペンダントである。

そう考えた俺は、ジィアにペンダントを差し出す。

「そんなに気になるなら、しばらく身に着けてみるか？」

「えっ、良いんですか？」

俺はうなずいて言う。

「信頼の証だ」

ジィアはしばらく考え、うなずく。

「わかりました。では、これと交換ということで。しばらく預かりましょう」

ジィアは謎のペンダントを受け取ると、自分の首から器用に勇者のペンダントの模造品を外し、俺に渡してきた。

俺は、それを受け取りながら聞く。

「……これって高価なものじゃないのか？」

「そうですね。人間たちと関わらないのなら、便利なアイテムですよ。人間は、オークやゴブリンなどの闇から生まれた生き物が、こういった勇者のペンダントの模造品を身に着けると嫌がりますから」

「そうなのか？」

「ええ。『終わりの勇者』を思い起こさせるんでしょうね。世界が滅びに瀕したときにのみ現れる勇者というやつで。俺は傭兵として人間の国でも戦いますからね。着けていると、不吉だと嫌われるんです」

そう言いながら、ジィアは俺の渡した青いクリスタルのような石がついたペンダントを首に掛けた。

木を担いだままステップを踏んだり、空中に蹴りを放ったりしている。足が高く上がった。

巨体からは想像しにくいが、体も柔軟で、ずいぶんと敏捷性が高いようだ。

「……ふむ、なんか動きやすくなった気がしますね」

ジィアが感想を言った。

俺はそれを見ながら、気になっていたことを聞く。

「ちなみに、そのペンダントが外れなくなるってことは、今のところないよな？」

俺の質問に、首をかしげながらジィアがペンダントに手をかける。

「えーと。はい。大丈夫そうですね」

ペンダントを首から外すと、そう言った。

勇者のペンダントは一度着けると使命を果たすまで外せないとジィアは言っていた。

形も違うようだし、どうやらこれが勇者のペンダントということはなさそうである。

俺は手にしたジィアのペンダントを見ながら言う。

「このペンダントは、どうするかな……首に掛けていて大丈夫なのか？」

「魔法の効果を百パーセント出すには、見える位置に着けておかなければなりません。人間とか以外は気にしませんから、大丈夫ですよ」

ジィアは続ける。

「神話時代の終わりに、神々を殺したと言われる『終わりの勇者』は、ダークエルフだったそうで、彼らからは縁起がいいと喜ばれるほどです。まあ、その勇者のおかげで、神様も精霊も勇者も、みんなゆっくりと力が弱くなっているという話なんですが」

……ん？

「ダークエルフも勇者になれるのか……？」

俺の質問に、ジィアは肩をすくめて答えた。

「神々の協定とかで、『終わりの勇者』は、闇の生き物から選ばれるんですよ。種族としてもともと強い上に勇者の力が加わりますから、最強らしいです」

あー、ゴブリンとかも強いからな……。

「ただ、そういうのは、光から生まれたものも、闇から生まれたものも、結束して戦わないとヤバイときにしか現れないとされています」

へー、そうなのか。

「でも、いつの時代も規格外はいますから、『終わりの勇者』が現れたという噂はよく出るみたいです」

ジィアは首を振り、言う
「でも結局、すぐに間違いだとわかります。伝説によれば、『終末』が始まると、世界は一気に破滅へと向かっていくそうですから」

そして彼は締めくくった。

「少なくとも一万年以上も生まれていないですから。これからも現れないんじゃないですか？」

ふーん、なるほどね。

「ぜひ、そうあってほしいもんだな」

俺は、ジィアにそう答えた。

闇の種族も光の種族も立ち上がり、戦わなければいけない敵。

そんな者が現れるのは、俺が天寿を全うしてからにしてほしかった。

洞窟の入口を囲むように作られた木と土の壁が見えてきた。

高さは三メートル半、長さは八十メートルほどか。

少しでも畑のエリアを壁の中に入れたかったので、左右は長めに取った。

洞窟の入口あたりに新しい畑を作ってもよかったのだが。

「いや……木や土で壁を作るほうが早いとはいえ、この完成速度は……。というかババルーアさんが……」

あー、そうだね。リーダー格はね……。

壁から少し離れたところで、リーダー格が木を抜いていた。その速度が桁違いなのだ。

ガシッ（木を掴む音）、ブボッ（木が引き抜かれる音）、ポーン、メキメキメキ（木が投げられ、枝が折れる音）みたいな感じである。

まるで雑草を抜いているようだ。

いや、雑草だって、もうちょっと踏ん張るかもしれない。

ジィアのときと違い、土を柔らかくしたわけではない。

それにもかかわらず、このペース。

さっきは軽々と木を引っこ抜くジィアを見て、ゴブリンたちもよくこんなのに勝てたもんだと思ったが、その考えは間違いだったようだ。

むしろ、こんなゴブリンを相手に、オークたちが生き残れたことのほうが奇跡だった。

ジィアは、ため息をつきながら言う。

「まあ、これなら、あの熊の化け物にも勝てそうですが……」

熊の化け物というのは、オークたちが見た怪物だ。

かなりの巨体で、大量のゾンビ虫と、その虫が操る死体を連れていたらしい。

頭にダガーぐらいの短剣が刺さっていた手負いらしい。

オークたちは、その熊の化け物こそが、ゾンビ虫を操っているんじゃないかと言っている。

驚いたことに、ゴブリンたちからも、その熊らしきものについての情報がもたらされた。

俺は知らなかったのだが、かつてゴブリンの大人たちが人間たちを襲撃しに行った夜、狼たちを集落に残したのは『頭にダガーが刺さった熊』が周辺で目撃されていたからだったとか。

ゾンビ虫らしきものは確認されていないものの、その熊は住処の近くで暴れていたらしい。それを警戒するため、狼たちを残していったという訳だ。襲撃した日の前日ぐらいの話らしい。

ダガーを刺したまま暴れるとは。

まあ、ボウガンの矢が刺さったまま、それを抜こうとする人間から逃げ回っていたカモもいたし。

動物の体ってのは、意外に丈夫にできているみたいだ。

俺は、その熊や虫がどっか遠くに行くまで無事篭城できればいいな、と考えていた。

畑のおかげで食料はどうにかなるし、洞窟内の泉で水も汲める。洞窟内に土を運び込んでも良い。

結界があるかどうかは不明だが、この辺りに来るとゾンビ虫が弱まるのは事実っぽいし。さらにはバリケード代わりの壁も作っている。

篭城するに相応しい、かなりの好条件が揃っていた。

第八章　ゴブリンに転生したら、命を狙われていた

それは、もうすぐ日が落ちるかという時間帯だった。

「来たぞー！」

一体のオークの警告の声が響きわたる。と同時に、何かがぶつかる大きな音と、そのオークのものだろうか、野太い悲鳴が上がった。

弟妹狼たちを追い、洞窟の中を走る。

外が見えるところまでたどり着いたときには、すでに戦闘は始まっていた。

ゴブリンや狼、オークたち。

バハルーアも笑顔で暴れている。手には鉄の棒を持ち、背中には予備であろう木の棍棒を縛り付けていた。

俺の弟妹たちも、妹を先頭に二匹ともに一度ジャンプし、そして突撃していった。

きょ、弟妹を止める間もなかった……。

そう思いながらも、状況を確認する。――敵は狼のようだ。

頭が半分なかったり、体が半分なかったりしたやつなんかもいる。死体だろう。

聞いていた通り、心臓か脳の片方が無事なら動けるようだ。

オークたちが作ってくれた壁はどうなったのかとそちらを見ると、ちょうどヒョウみたいな生き物がそこを飛び越えてくるところだった。

——壁の意味がない……。

こっそり仕掛けておいた罠に、味方がかかった様子がないのは救いだったが。

「頭と心臓を狙え！　虫は硬い！」

横で野太い声がし、びくりとする。

そこにはオークたちのリーダー、ジィアがいた。

手には彼の身長ほどの大弓を携えている。

オークの中で最も体格の良い彼は、まさかの後衛職。アーチャーだった。

彼は作業中、他のオークと比べても手馴れた様子で、崖の上などもひょいひょい移動していた。

器用なんだろう。

「グオーギガさん！　傷を回復する料理って、まだありますか！」

ジィアが切迫した様子で、そんなことを言ってくる。

ジィアの視線の先には、二体のオークが横たわっていた。

一体は地面に転がり、戦いの場から逃げるように地面をはいずっている。ピンクではなく、黒い体色の珍しいオークだ。

もう一体は腹のあたりから血を流し、ピクリとも動く様子がない。

「お、おう！　あるぞ！」

俺はそう言って、アイテムボックスから料理を二つ取り出す。

すると後ろから声がした。

「僕が、届ける。オークは、ここで弓を。ゴブリンの一体は、グオーギガを守れ」

エメルゥだ。

彼も洞窟内にいたようだ。残りの狼やゴブリンを引き連れている。

エメルゥは、弓矢を使った接近戦を好んだ。

接近戦といっても、西部劇によくある拳銃の決闘よりも、ちょっと近いぐらいの距離から弓を射る感じだが。

いつも通り、矢を放ちながら、先陣を切って突っ込むつもりなんだろう。

棍棒を持った二体のゴブリンが俺の近くに来た。一体は盾も持っている。

一体が小脇に棍棒を挟み、両手に一つずつ料理を受け取った。

盾を持つ一体は、護衛としてここに残ってくれるようだ。

「エメルゥ、弟妹たちを守ってやってくれ！」

弟妹狼たちは、ステータスを上げたおかげで、そこらの狼よりは強い。だが体はまだ成体ではなく、心配だった。

俺の言葉に、エメルゥはうなずき、号令をかける。

「行くぞ！」

そしてジャンプしつつ矢を放つと、戦闘の渦中へ突進していった。

同じように、他の狼やゴブリンが続く。

向かうのは弟妹たちのほうだ。

これである程度安全だろうか……。

ゴブリンたちなら、仲間の狼と、操られた死体の狼の見分けは確実につく。

だがオークたちのためにも、味方の狼に染料などを塗って見分けがつくようにしておけばよかったかもしれない……。

やや後悔をしつつ、俺はアイテムボックスから弓を取り出した。

ゴブリンやオークによれば、虫の操る死体は頭と心臓の両方を潰すか、死体のどこかに張り付いた虫を潰すことで、動きを止められるそうだ。

エメルゥは、弓が良く効くと言っていた。

俺とエメルゥが使う弓は、森の廃屋で手に入れたものだ。

勇者の導き手クラウシスにより作られた、聖属性を持ち、魔を祓う効果がある子供用の短弓。

あの虫も、それに操られている死体も、聖属性の攻撃に弱いのかもしれない。

「一体、間に合いませんでしたか……」

俺の横で、ジィアの呟きが聞こえてきた。

見ると、地面を這いずっていたほうは間に合ったらしく、すでに戦闘に戻っていた。黒い色のやつだ。

しかしもう一体は、頭を潰されて転がっていた。

注意して見ると、胸にはエメルゥが放ったものと思われる矢が突き立っている。

仮にも死者が出た場合は、虫に操られないようにこうして脳と心臓を破壊するよう取り決めていたのだ。

「闇の神よ……」

ジィアが、死んだ仲間のためか、神への祈りを呟いた。

うちのリーダー格であるバハルーアと違い、オークたちのリーダーである彼は、部下が死ぬことを好まない様子だった。

俺は弓の弦を掴む。力が抜ける感覚とともに、矢が出現する。

さて、どいつを狙うべきか。

オークは全部で五体だったが、一体が死に、リーダーのジィアは俺の横にいる。

残り三体が、一匹のヒョウのような敵を囲み、戦っていた。

ゴブリンは俺を含めて七体全てが生き残っている。

ババルーアとエメルゥの二体を先頭に、三体が彼らと一緒に戦う。

残った一体は護衛として俺の横につき、棍棒とともに、オークたちが作ってくれた、身の丈を超える大きな木の盾をかまえていた。

群れの狼にも死亡はなさそうだ。五匹にプラスし、俺の弟妹二匹が加わった七匹の集団だ。

ゴブリンと仲間の狼は、虫に操られた死体の狼たちと戦っているらしい。

すでに何匹かは倒しているようだった。

最初に突進してきた、頭が半分ない狼や体の千切れた狼が見えないので、そいつらを仕留めたんだと思う。

だが相当面倒な敵のようで、ジィアの大きめの矢や、エメルゥの矢が刺さりながらも、動いているやつもいた。


……とりあえず、弟妹に向かう敵を減らすかな。

死体の敵は素早く、力も強い。こちらの戦力はゴブリンと狼合わせて十二。それに対し、敵は残り八匹。数の上では勝っているが、どう転ぶかわからない。

それに敵に狼がいるのも紛らわしい。

明らかに目に生気がないし、毛が抜けてヨダレも垂らしているから、オークたちでも見分けはつけられると思うのだが。

俺は敵の狼を見ながら考える。

どこを狙うか、と。

虫はゴブリンの手の平ぐらいの大きさだと聞いていたが、どこにいるかわからない。

「▼」で位置が表示されたりもしないようだ。

狙うなら頭か心臓か。もしくは足に当て、動きを止めるか。

誤射を避けるため、できるだけゴブリンや味方の狼から離れている敵を探す。

——あいつが良いかな。

ターゲットを決め、弓を引き絞った。俺にしか見えない十字線があらわれる。

キシキシと音を立てて軋む弓を動かし、その十字線を敵の狼に合わせた。

エメルゥからのアドバイスを受けただけで、まったく練習していないのに、止まっている的にならけっこう矢が当たるまでになっていたのだ。

これまでも、俺は弓の使い方などまったく知らないはずなのに、弓と矢を握ると、どうやってそれを射ればいいかはわかっていた。だが、矢を放つときに的《まと》に当てようと力《りき》んでしまい、変な動きをしていたらしい。

当てようなどと考えず、その能力に完全に体の動きを委ねることができれば、自然に矢は狙ったところに飛んでいくようだった。

相手の動きが止まるのを待つ。

――ここだ。

やつが体の側面をこちらに向けて止まった一瞬。俺は矢を放った。

狙った心臓からは少しずれた。だが、矢は見事にやつの横っ腹に当たり――そして、その横っ腹が爆散した。

……あれ？

†

「そ、その武器すごいっすね……」

オークリーダーのジィアが、矢を放ちながらそう言ってくる。

俺の放った矢が敵に当たると、その部分一帯が一瞬で四散した。

威力的に、弓矢というより、銃やグレネードを撃っているみたいな気分だった。

エメルゥと俺の使っている短弓は、アイテムボックスの説明を見る限りでは、同じ種類のものだ。

この弓から放たれる矢には聖属性が付与される。

もしかしたら敵は聖属性に弱いのかもしれない。

でもエメルゥの放つ矢が、俺ほどのダメージを出せていないのは不思議だ。

彼が純粋なゴブリンだからだろうか……。

ゴブリンは闇の生き物だというし、この弓の力をうまく引き出せなかったのかもしれない。

ただ、エメルゥが弱いというわけではない。実際、ジィアの放った矢より、エメルゥの矢のほうがダメージを与えているし。

ただ、ちょーーっとばかり、俺が強すぎちゃっただけなんだよなー、はっはっはー。

そんな風に調子に乗りながらも、俺は次々と矢を放っていく。

当然、敵は思い通りに止まってはくれないので、五発に一度ぐらいしか命中しないのだが、当たれば確実に動きを止められた。

そうして八匹の死体狼のうち、俺は二匹に矢を当てた。俺の矢でほとんど動きは止まったが、念のためゴブリンや狼が止《とど》めを刺した。

もう一匹も誰かが仕留めたようで、敵の残りは五匹。

後はオークたちが戦っているヒョウが一匹だ。

——戦闘嫌いの俺が、一番役に立っているのは皮肉だぜ。

そんな感想を抱きながら、新たなる敵に狙いをつける。

残りの敵狼は、こちらのゴブリンや狼と乱戦状態で狙いにくい。

狙うならヒョウだろう。オークたちは、ジィアの矢が届きやすいよう、うまく連携を取って囲んでいた。

彼らへの援護射撃だ！

俺は弓を引き絞り、矢を放つ。

三発の矢を飛ばしたが、当たったのは一発だけ。

しかもオークに当たってしまった……。

だが、オークは皮膚が厚いのか、もしくは筋肉の壁があるからか、当たっても深く刺さらなかった。聖属性で爆散するってこともないようで、大体問題ない。

うーん。連射さえできれば、敵に矢が刺さる可能性ももっと上がるんだが……。

矢を出現させるときに【SP《スタミナ》】を消費するのか、疲労感がけっこうある。

矢を放った後に、少し回復を待たないと次の動作に移れないのだ。

反省すべきは、毎日コツコツ作っていた矢を、全てエメルゥに渡してしまったこと。

そして、一定時間【SP《スタミナ》】の回復力が高まる料理を準備しておかなかったこと。

この二つが、俺の至らなかったところだろう。

「射線を確保しろーッ！　ティディラァ！　そこは矢が行くぞ！　とにかく敵の動きを止めろーッ！」

ジィアも、俺の放つ矢の威力に期待しているようだ。

俺がヒョウを狙い始めてからというもの、仲間のオークたちに必死で指示を飛ばしている。

もっと矢を放たねばな。

悲鳴にも近い彼の怒鳴り声を聞きながら、再び弓を引き絞る。

そのとき、急にヒョウの動きが鈍った。

ここだッ！

俺は隙を見逃さない。

放った矢は、見事ヒョウの腰に突き刺さり、その部分を抉《えぐ》りとる。

近くにいたオークの戦士が即座に近付き、下半身が四散して動きの鈍ったヒョウに止めを刺した。

死体を操る弊害なのか、時々あんな風に動きが鈍ることがある。

二匹目の敵狼に攻撃を当てたときもそうだった。

そんなことを考えていたら、ジィアが話しかけてきた。

「エメルゥさんとグオーギガさんの連携はさすがですね……」

……連携なんて、した覚えはないけど。

首をかしげていると、ヒョウの頭を潰したオークが死体に屈み込んでいることに気付く。

えっと、あれは……矢を抜いているのか。俺が放った覚えのない矢が、前足などに何本か刺さっていたようだ。

なるほど。

「ああ、エメルゥが動きを止め、俺が大ダメージを与える。良い連携だろ。この弓の力は俺にしか引き出せないからな」

俺はジィアにそう答えた。

ときどき敵の動きが鈍ったのは、エメルゥが矢を当てていたかららしい。

いつ攻撃していたのか。

ジィアの矢は目で追えていたが、彼のはぜんぜん気付かなかった。いつの間にか、突き立っているのだ。

「ええ、そうですね……。それにしても、かなり敵の数が少なくなってきました」

ジィアが言う。

改めて辺りを見回すと、どうやらさらに二匹の敵狼を仕留めたようだ。

リーダー格のバハルーアが、遊びに勝ったときの雄叫びみたいなものをたびたび上げていたので、彼が戦果を上げたのかもしれない。ゴブリンの中でも、あいつは規格外だし。

これで敵は残り三匹。すべて狼だ。

こちらは最初のオーク以外、死者を出していない。

勝利目前ってやつなんじゃないか。

そんな楽観的な気分になったときだった。

——その咆哮《ほうこう》が聞こえてきたのは。

ビリビリと、体全体が揺さぶられるような咆哮だった。耳が痛い。

それに驚いたオークや狼たちの動きが止まる。

その隙を狙われ、仲間の狼一匹とオーク一体が、敵狼に食いつかれた。

弟妹狼たちも動きを止められていた。

弟狼に向かって敵狼が攻撃を仕掛けるが、近くのゴブリンがかばってくれているようだ。

何がいるんだろう？

咆哮は、オークたちの作った壁の向こうから聞こえた。

俺がそちらに視線を向けた次の瞬間だった。丈夫なはずの壁。その一部が爆発したように吹き飛んだ。

土ぼこりが上がる中、再びあの咆哮が放たれる。

その衝撃で前線にいた二体のオークがへたり込んでしまう。

味方の狼は何とか耐えたようで、動きの止まったオークたちに食らいつこうとする敵狼を牽制《けんせい》していた。

一度目の咆哮で、耐性ができたのだろうか。

やがて土煙が晴れる。

オークの作った壁の一部が、完全に破壊されていた。

そしてその先。――そこには、頭部にダガーが突き刺さった巨大な熊が立っていたんだ。

例の熊か……。聞いてはいたが、確かにでかい。

近くにいる敵狼の大きさから判断しても、五メートルはあるんじゃないか。手だけでも、俺の肩幅ぐらいはあるだろう。

その巨大な熊がこちらを見る。目が合った。

熊の口の両端が吊り上がった。まるで人間のような笑顔。

普通の熊なら可愛らしく見えたかもしれないその表情が、俺には異様に気持ち悪いものに見えた。

熊が口を開く。

馬鹿の一つ覚えみたいに、また咆哮か。

身構える俺に、やつの声が叩きつけられる。

「みぃぃ、つぅぅ、けぇぇ、たぁぁ、ぞぉぉつッッ‼」

鼓膜が揺れる。

それは咆哮ではなかった。

俺が理解可能な言葉。ゴブリン語だった。

†

熊がしゃべったーっ！

そんな俺の驚きも束の間、やつは次の言葉を放つ。

「殺せぇぇっッッ！」

熊は俺に向かって腕を振る。

すると壁の巨大な割れ目から、次々と虫に操られた死体が突撃してきた。

人間やゴブリン、オーク。

二足歩行の爬虫類や犬の頭を持つ生き物など、今まで見たことがないのもいる。

皆が目を濁らせ、口から涎を垂らし、肌の色も変だった。頭から脳みそを垂らしながら動いているようなやつもいる。

そのとき、俺の目がこちらに飛んでくる何かを捉えた。さらに、カーン！　カーン！　という甲高い音。

「敵の投石です！　石が当たらない場所へ！」

ジィアが指示する。

あたふたする俺の前に、盾を持った護衛役のゴブリンが進み出る。

その陰で急いで小さくなる。

「エメルゥさんが、矢で石を打ち落としてくれたみたいですね。相変わらずですが、あの角度で、あの数を落とすとは……」

そんなジィアの声が聞こえてくる。

あの器用な子ゴブリンくんも、いつの間にか規格外に育っていたようだ。

「それより、なんか敵の数が多くないか！」

俺は洞窟入口付近の岩場の陰で縮こまっているジィアに問いかける。

よく見えなかったが、ぞろぞろと三十以上の死体がいたと思う。

「大体、あれぐらいの群れで襲ってくるんです。飛び跳ねる虫がいるときもありますから、もっと酷いですよ」

えっ、そうなの？

これぐらいの数が普通で、しかも跳ぶ虫までいるの？

虫に操られた死体のクセに石を投げる知能もあるし、なんてチートな敵なんだ。

ゴブリンだって投石できないんだぞ！

これではまるで、ゴブリンの知能が虫以下と言われているようである。

ゴブリンの知能が虫以下なんてことはない……とは言えないかもしれないが……。

「結界があるからもっと少ないと思ってたんですがねー。なんか、こっち見て『殺せぇ！』とか言ってましたし。グオーギガさん、なんかしたんじゃないですか？」

「知らねーよ！　俺じゃなくて、お前を見て殺せっつったんじゃないか！」

あのときジィアは俺の近くに立っていた。

彼を見ていた可能性だってあるのだ。

とりあえずジィアに言う。

「お前、ちょっと試しに土下座してこい！」

「えっ、えええ⁉　無理っすよ！　というか土下座してる間に頭打ち抜かれます！」

根性のないやつだ。

このぐらいの石のシャワーぐらいひょいひょい避けながら、熊の目の前まで行って、土下座ぐらいかましてもらいたいもんである。

カーンカーンと石が洞窟の岩や盾に降りそそぐ中、俺はそんなことを思いながら護衛ゴブリンの背後で縮こまる。

すると、ジィアから警告が来た。

「突破されました！　来ますよっ！」

盾の陰からちょっと顔を覗かせて見れば、味方のゴブリンたちとの戦線を抜けた死体たちが、洞窟に向かってきていた。

……くそ、ゴブリンの死体に見覚えのあるやつがいるな。

かつての集落の大人の一体だ。

敵狼の中にはいなかったのに。

俺はなんとも思わないが、他のゴブリンや狼は攻撃しにくいだろう。

俺が仕留めるか。

そう決断し、護衛役の陰から弓を引き絞り、そのゴブリンに狙いを定める。

そのときだった。

――敵ゴブリンの頭が爆散したのは。

頭部が砕けた死体の後ろで、リーダー格が咆哮を上げる。

どうやら鉄の棒で、あの元仲間ゴブリンを叩き潰してくれたらしい。

……うん、そうだった。君たちに仲間の死体だから攻撃しにくいとか、そんな感情はなかったよね。慕っているように見えたゴブリンを殴り殺したりとか、普通にしてたもんね……。

俺は遠い目で、そんなことを思う。

バハルーアは元仲間の死体を蹴りつけると、こちらにジャンプ。

洞窟入口の中央に立ち、鉄の棒を構えた。

蹴られた死体は向かってくる敵の一群のほうに飛び、何体かを巻き込んで転がった。

「グハハハハーッ！　楽しいナ、グオーギガーッ！」

リーダー格はバトルジャンキーの気質があるようで、ずいぶんと戦いを楽しんでいるようだ。

戦闘嫌いの俺に、同意を求めないでほしい。

「というか、バハルーア。仕留めた死体を後ろに蹴りつけるのは、しなくてもよかったんじゃないかな……」

「ウン？　ソウカ？」

俺の指摘に首をかしげるババルーア。

「あの死体にぶち当たってこけてたやつらがさ、そのまま走って真っ直ぐ進んでくれていれば……」

俺が指差す先。

そこには、敵の戦闘の死体が、仕掛けに向かって一歩を踏み出す姿が。

「そいつらも一緒に、落とし穴に嵌《は》まってくれたかもしれないんだから」

俺の言葉とともに先頭が穴に落ちた。

それに続き、すぐ後ろを走っていたやつも落ちる。

穴に気付いて止まろうとする敵もいたが、後ろから来るやつに激突され、結局落とし穴に落ちていった。

俺が新しい畑を作ろうかと迷っていた洞窟の入口付近。

そこに、畑の代わりに落とし穴を作っておいたのだ。

ゴブリンや狼たちが素手で掘り、オークが仕上げを施した。

見た目、落とし穴があることはまったくわからない。

四メートル以上の深さの穴で、ネズミ返しも付いている。

一度嵌《は》まれば、簡単には脱出できないだろう。

味方のゴブリンたちが引っかかってもいいように、致死性のものにはできなかったが。

ただ、穴の底に木の槍ぐらいは立ててもよかったか。

ゴブリンたちも最初は何回か引っかかったが、場所を覚えてからは避けるようになっていたから。

落とし穴のそばに、目印として、地面から突き出た大きな岩柱を残しておいたのも良かったようだ。

一番後ろの敵が、その岩柱に手をついてスピードを殺していたのは想定外だったが……。

「フム」

そう言って、バハルーアが一歩前に踏み出す。

いつもジャンプして飛び越えていた落とし穴の縁のギリギリに立つ。

そして鉄の棒を一閃した。

穴を飛び越え、こちらに迫っていた何体かの敵。それがバハルーアの棒で落とし穴に叩き落される。

「落とシタ」

……いや、確かに今跳んできた死体は、バハルーアが蹴り飛ばした死体のおかげで落とし穴から逃れられたやつかもしれないけどさ。

俺がなんと返そうか迷っていたときだった。

鼓膜を震わせるあの咆哮がまた轟《とどろ》く。

例の熊だ。

見ると、やつもこちらに走ってきていた。

落とし穴を跳び越えるつもりだろう。

ジィアの矢が熊に刺さっているが、まったく意に介していないようだ。

あの重量、跳ばれたらリーダー格でも叩き落とすのは無理かもしれない。

そう思った俺は、盾に隠れたままリーダー格の近くに行こうとする。

だが、護衛役の子を後ろから押しても、咆哮にビビったのかまったく動かない。

仕方なく俺は護衛役の前に出て、リーダー格の真後ろまで移動する。

落とし穴近くの岩柱を視界に入れ、アイテムボックスからお目当ての道具を取り出す。

心得たもので、バハルーアがこちらに飛んでくる石をすべて叩き落してくれていた。

盾の背後に比べて明らかに体の露出は増えていたが、何故かさっきよりも安心できる。

これは不思議だ……。リーダー格だからだろうか。

そんな風に思いながら、右手をグーにして、バハルーアの横から岩柱のほうに突き出した。

熊が跳んだ。まっすぐ、こちらに向かって。

——この瞬間だろう。

そう判断した俺は、例のキーワードを唱える。

短い、この世界の、人間の言葉で。

『粘着糸散布！』

俺たちを襲った人間から奪った魔法の指輪。

その残り一回、最後の力が発動する。

粘着糸が撃ち出され空中の熊に絡みつく。頭部はうまく前足でかばったようだが、そこ以外が糸に覆われた。

落とし穴の端にいるのは危険なので、俺は急いで後ろに下がる。バハルーアも一緒だ。

糸に絡みとられた熊は、いまだ空中。勢いそのままに、俺たちに向かってくる。

だが次の瞬間、空中の熊がガクンと止まる。

やつに絡まった粘着糸の反対側の先端が、洞窟付近にあった岩柱に絡まり、伸びきってその勢いを殺したのだ。

岩柱は熊の重さを支えられず砕ける。

そして、熊はそのまま落ちる。

落とし穴……の縁ギリギリに。

——くそ、穴には落ちなかったか。

熊が落下したのは、さっきまで俺がいた辺りだ。

どうするか……。

迷っていたときだった。

バハルーアの雄叫びが轟いた。

見ると、ババルーアは盾を構えていた。どうやら護衛役のゴブリンから奪ったらしい。

彼は盾を突き出し、熊に向かって突進していく。

凄まじい衝突音。

粉々に砕ける盾。

粘着糸で地面に接着されていたはずの五メートルの巨躯が、子供ほどの大きさのゴブリンの突進で、宙に浮き上がる。

さらにババルーアは、もう片方の手に持っていた鉄の棒を振り上げ、ジャンプ。

上方から、思い切り熊の頭を殴り落とした。

「仕掛けを！」

穴に落ちた熊を見て、ジィアがオークに指令を下す。

穴の上に、次々と洞窟の崖の上から岩や石が落とされていく。

穴に嵌《は》まった敵を埋めるために、崖の上に岩や石を積んでいたのだ。

オークの操作一つで、それらがごろごろと落とし穴の中に落ちるような仕掛けだ。

熊は岩や石などにぶつかり、ダメージを受けながら埋もれていく。

だが、落とし穴の深さは四メートルほど。五メートルの熊のすべてを埋めるまでには至らない。

頭と腕を穴から覗かせながら、熊は咆哮を上げて暴れている。

粘着糸が絡まっていたため、あまり激しくは動けないようだ。

――これはチャンスか。

だが、やつはそんな油断を誘っていたのかもしれない。

ここぞとばかりに飛びかかったバハルーアと、護衛役の子ゴブリン。

二体が熊の振り上げた腕で思い切り打ちのめされる。熊が嬉しそうな咆哮を上げた。

激突する直前に、熊は自らを拘束していた粘着糸を引き千切ったのだ。

糸が粘着していた上半身あちこちの毛が抜け、禿げ上がっている。

なんとも情けない見た目とは裏腹に、熊は元気に体を揺り動かす。

少しずつ、埋もれていた体が穴の外に現れ始めていた。

だが、まだだ。

攻撃のチャンスと思っていたのは、バハルーアたちだけではない。

俺も弓を引き絞り、熊に狙いを付けていた。

狙うは、糸に覆われていない顔付近。

ジィアやエメルゥの矢は意に介さないようだが、俺のはどうかな。

俺の攻撃は、エメルゥの矢よりも強力な聖属性が付与されているようだ。

死体たちの爆散具合から推察するに、ボスであるこいつも聖属性に弱いんじゃないか。

俺は叫び、矢を放った。

「死ねやーッ！」

そろそろ矢を放つことにも慣れていたんだろう。

叫んだにもかかわらずブレはなく、矢は熊に向かってヒュルヒュルーっと飛んだ。

そして見事やつの顔面にぶち当たり——厚い顔の皮に弾かれ、ポトリと地面に落ちることになったんだ……。

†

な、なんてツラの皮の厚いやつだ……。

顔に当たったはずの俺の矢が、まったく刺さらなかった。

どうするかな。

あと弱点になりそうなのは、熊の頭部に刺さったダガーぐらいか。

ジィアがさっきから何度もそこを矢で狙っている。

大体は手で叩き落とされていたが、何回かクリーンヒットもあったようだ。

だが、嫌がってはいるもののダメージを受けている様子はない。

あれだけの落石にもダメージがない熊。

圧巻の防御力である。

落とし穴付近の岩を軽々と砕く腕力も厄介だ。

あれだけの攻撃力となると、俺が洞窟内の細い穴に逃げても、岩を掘って追ってくる可能性があった。

洞窟のちょっと奥、通路が狭くなり始めるところに作った木の門も、役には立たないだろう。

救いは、熊が投石をしてこないこと。そして、最初に見せた、バリケードの壁を吹き飛ばしたような攻撃をしてこないことだろうか。

ぶん殴られたバハルーアたちに、立ち上がる気配はない。

洞窟の奥からどこかに逃げられそうな道も用意していなかった。

泉に飛び込み、そこから流れ出ていく水に乗れば、あるいはどうにかなるかもしれないが。

ダガー付近に矢を当てて効果がなかったら、それで逃げるか……？

そんなことを思っていたときだった。

——熊に刺さっていたダガーが、いきなり光り始める。

そして謎の男の声が響き渡った。

『悪魔に、生きた聖木を突き立てよ！』

言葉に合わせるように、ダガーの光が明滅した。

声は熊のほうから聞こえたようだった。

まるで、あの短剣がしゃべったみたいだ。

しかし、聖木か。聖木……？

――確か、あれが、そうだった。

アイテムボックスを操作し、思い当たるものを探し出し、説明を表示させた。

これか……。

【作りかけのおもちゃの短弓】
勇者の導き手、隠者クラウシスによる作成途中の子供用の短弓。
この聖木の枝には、いまだ生命力が残されている。

あの廃屋で手に入れた一メートル超の棒のような何かだ。

あの声を信じて良いかどうかはわからないが。

半信半疑ながら、俺はその棒を取り出した――途端、いきなり棒が燃え上がる。

棒全体を炎が覆う。俺の手にもその炎がまとわりついた。

……だが、まったく熱くないな。不思議な炎だ。

ただ、突き立てると言っても棒だしな。先端も尖っていない。

熊はなお元気に暴れている。

リーダー格のババルーアさえ、あの熊に吹き飛ばされていた。

俺が近付いて、こいつをぶっ刺すのは無理だろう。

接近した途端に、叩き伏せられる未来が見える。

どうしよう。

そう思いながら辺りを見回すと、ジィアと目が合った。

俺から微妙に距離を取っているのが気になるが、それより今はこの聖木だ。

「ちょっと、あの熊にこの枝刺してこい！」

そんな可愛いお願いに、やつはツバを飛ばしながら答えた。

「無茶言わんでください！　ここからでもその火の熱さが伝わってくるんですよ⁉」

えっ、そうなの？　熱さなんて全然感じないんだが……。

試しに、ちょっと枝をジィアのほうに向けてみたら、ギャーッという悲鳴が上がり、彼の豚毛が焦げた。

……どうやらこれは、俺以外には持てないらしい。

不器用な俺では手で投げても、熊に当たるかわからないしな。どうするか——

そこまで考えたところで俺は閃いた。確かゲームでは、でっかい槍みたいなものでも矢のように弓から放っていた。もしかしたら、このぐらいの枝なら飛ばせるんじゃないかと。

聖木の枝を、弓に番《つが》える。

——思ったとおりだ。

俺の視界に、俺にしか見えない十字線が現れる。同時に、どうやって放てばいいのか、動作の情報も流れてきた。

あの謎のアドバイスによると、聖木は突き立てなければいけないんだ。不器用な俺が手で投げるより、このチート能力に任せたほうがうまく飛んでくれるだろう。

弓が焦げていないのも不思議だが、体に巻いているボロ布が燃え上がらないのと同じ理由だろうか。

ゆっくりと狙いたいところだが――。

熊の暴れ方が酷いな。すでに上半身は自由で、腰から下しか埋まってない。

けっこう困った状態だった。

やつはジィアの矢を、叩き落としていた。

数打てば当たるだろうが、この聖木は何本もない。

一撃必中させるしかないのだ。

イチかバチかで放つしかないか？

迷っていたときだった。

俺の目に、熊の上を跳ぶ影が映った。

エメルゥだ。

熊も気付いたのだろう。頭上を跳ぶエメルゥを叩き落そうと、腕を振るう。だが、遅かった。

エメルゥの手が素早く動き、矢が放たれる。まったく見えない、その動き。

気付けば、熊の両肩には二本の矢が突き立っていた。

折れ残った岩柱や洞窟の壁を蹴り、俺の横までやってきたエメルゥが叫ぶ。

「今！」

熊は暴れているが、何故か腕は動いていない。

エメルゥの矢が両肩の関節を突き、動きを阻害しているのだろう。

「お、おう！」

エメルゥに答え、俺は十字線を熊の体に合わせる。二発目はない。ちょっと不安だが、一番当たりやすい胴体に狙いを定める。

これだけデカい的ならどうにかなるだろうか。

俺の矢が効かなかった熊だが――。

ただ無言で。

勝手に動く体に全てをゆだねながら、俺は聖木という名の矢を放った。

鋭い矢と比べれば、ただ、燃えているだけの棒。

それが、矢さえ弾く熊の体に向かって飛び立ち――

――突き刺さった。

熊が悲鳴を上げる。

まるで人間のような悲鳴だ。
やつの体に残る粘着糸は、燃えやすい性質を持っていた。
その糸に、聖木の火が着く。
そこからは一気だった。
炎がやつを包む。立ち上る炎。明るすぎて前が見えない。
横にいるジィアやエメルゥがうめき声を上げる。炎が熱いのか？
俺ははっとしてリーダー格や護衛のゴブリンのほうを見る。
彼らはちょうど俺たちと熊の間に倒れている。
リーダー格の上には、護衛の子が覆いかぶさるように気絶していた。
その肌や服から煙が立っている。

――くそ！

俺が慌てて二人の元に走り寄ったときだった。
熊の炎が、まるで爆発したかのようにひときわ大きく弾ける。
四散した炎が俺にも迫るが、まったく熱くはない。
ジィアの悲鳴が聞こえるが、それよりも目の前の二人だ。
一部の肌や衣服に炎が燃え移っている。
俺は必死に手を叩きつけ、その炎を消しにかかった。

熱くないのが幸いだ。

そしてチート料理により高くなったステータスを頼りに、二人を抱えて後ろにジャンプした。

俺が再び熊のほうを振り返ったとき、すでにそれはただの大きな黒い塊と化していた。

その黒い塊の上部から、ダガーがポトリと落ちた。

するとそれがきっかけだったのか、黒い塊は砕けて塵《ちり》と化し、やがて風に吹かれて跡形もなく消えていった。

そして洞窟の外側から複数の雄叫びが聞こえてきた。

ゴブリンやオークたちの声だ。

どうやら虫に操られた死体が、逃げ帰っていくようだ。

ボスである熊が死んだせいだろう。

少し遅れて狼たちも遠吠えを始める。

弟妹たちも無事だったようだ。本当に、よかった……。

第九章　ゴブリンに転生したので、ヒャッハーします（ただし仲間が）

俺の護衛役を務めてくれた子。

彼は死んでいた。熊に胸を強打されたらしい。

ジィアによると、折れた肋骨が肺や心臓に刺さっていたとのことだった。

俺が抱きかかえ、後ろに跳んだとき、彼はもう死んでいたのだろう。

リーダー格も、左腕と左足を折られていた。だが幸いにも命に別状はなかった。

聖木の炎で火傷も負ったが俺の回復魔法一発で全回復し、今は洞窟の外で元気にオークやゴブリンを追いかけ回している。

どうやら、俺の見ていないところでも死者は出なかったようだ。

もっとも被害を受けたのはオークだろう。五体のうち二体が死んだ。

一体は戦闘の開始時に、もう一体は熊の咆哮に当てられた隙を突かれた。

ゴブリン六体のうち死者は一体。護衛役の子だけだ。

ババハルーアやエメルゥを含む五体、俺を入れて六体が生き残った。

狼の死亡は一匹だった。

オークと同じく、熊の最初の咆哮に動きを止められ、死んだ。

俺の弟妹を入れて六匹の狼が生き残ったことになる。

今元気に暴れているババルーアに、オークやゴブリンが殺されなければ、これ以上死者が出ることはないはずだ。

死んでしまった彼らは、埋めるか焼いた方が良いか……。

どうにも気が重くなる作業だった。

虫が操っていた死体も、残っている。

本体である虫の形は、結局わからなかった。動きを止めた死体から何かが飛び出たのは見えたのだが、外に出てきた途端、姿が見えなくなった。

カメレオンみたいに体色を変えられるのかもしれない。

探せばゴブリンに潰されたゾンビ虫が見つかるかもしれないので、後で探してみるかな。

操られていた死体の方は、狼たちが食べたがるだろうな……。

ゴブリンの肉の味は覚えて欲しくないので、それだけは処理した方が良いかもしれない。あと、狼の死体も。オークは放っておいて良い気がする。どうせオークだし。

かつての集落に住んでいた狼やゴブリンたちが、一体しかいなかったのは不思議だった。

「グオーギガ、これ……」

いつの間にか近くにいたエメルゥが、何かを手渡してくる。

ダガーか。

「熊に刺さっていたもの。グオーギガの」

……なんで俺のものになるのか理由がわからないのだが。

止めを刺したのが俺だからだろうか。

「ありがとう」

一応お礼を言って、俺はダガーを受け取る。

近接戦闘はしたくないし、ショートソードも持っているから正直微妙な武器だ。後でエメルゥにあげるか……？

そう考えながらアイテムボックスに仕舞うと、その情報に俺は驚く。


【封魔の短剣】

隠者クラウシスが、自らの生命と引き換えに作り上げた封魔の短剣。

上級悪魔の能力さえ封じることができる。悪魔に刺されば決して抜けず、その命を吸い続ける。

金属や木材などを腐らせ、人を狂わせ、動物を恐慌に陥れると伝えられる悪魔の瘴気も封印する。


思ったより、いい武器だったよ……。

『生命と引き換えに作り上げた』ということは、クラウシスさんは死んでしまったのだろう。

あのとき聞こえた声は、もしかしたらクラウシスさんだったのかもしれない。

死してなお短剣に宿り、悪魔を殺す方法を伝えた。根拠はないが、ファンタジーにはありそうな話だ。

短剣がしゃべっているように聞こえたのも、あながち間違いではなかったのかもしれない。

熊の能力は封じきれていなかったようだが、弱まっていた可能性はある。

あいつは結局、オークの作った壁を砕いたときのような攻撃は、俺の前ではしなかった。

咆哮だって、一回目はオークと狼の動きを止めていたが、二回目はオークの動きしか止められていなかった。

回数制限があったのか、使うたびに弱くなっていったのかもしれない。

しかし『動物を恐慌に陥れる瘴気』か……。


俺の頭に、いやな妄想が駆け巡った。

あの熊は、俺をずっと探していたような感じだった。

もしかしたらだいぶ前、あいつは俺が産まれる前に、母狼のお腹の中にいる俺を探して、この洞窟に来たんじゃないだろうか。

熊の放つ悪魔の瘴気を嫌った狼たちは、この洞窟を避けて、かつての集落に移住した。

やがて熊はクラウシスと戦った。

クラウシスの廃屋がボロボロに朽ちていたのも、熊の悪魔の瘴気に当てられたせいではないか。

事実、廃屋には俺の肩幅ほどもあろう手で付けられた爪跡があった。

クラウシスはあの場所で熊と戦い、ダガーによって熊の悪魔の力を弱めたのかもしれない。

弱体化した熊は、それでも俺を探し続けた。

ダガーの力が邪魔をしたのか、俺の居場所をなかなか突き止められなかったが、それでも時間をかけて俺の気配か何かをたどり、ついに熊は俺たちの集落の近くまでやって来た。

そこでたまたま起こっていた人間とゴブリンたちとの戦い。

それにより力を取り戻したのか、あるいは俺が近くにいることを察知したためか、熊は最後の力を振り絞って虫たちを召喚した。

そうして、俺の父や母を殺した……。


それは直感的に、心の奥から浮かんできた推論だった。

だが、俺は首を振る。

——なんの根拠もない、ただの妄想だ。

熊が俺を追って父や母のそばに来た——そんな真実はイヤだった。

それでは、俺を産んだせいで、俺という存在がいたせいで、両親は殺されたことになってしまう。

――まあ、そもそも両親が死んだのも、確認したわけではないしな。

そうは思いながらも、目の前に転がる、頭の砕けたゴブリンや狼の死体をなんとなく眺めてしまう。このどれかが、父や母なのではないかと……。

「グオーギガ、仲間の死体を探している？」

ずっと横にいたエメルゥが、そんなことを尋ねてきた。

「ん？　あー、うん……。探していたのは、元の集落の大人たちかな。戦闘中、彼らの死体の姿を、一体しか見なかったのが気になって」

父と母を探していたと言うのが気恥ずかしく、俺はそう答える。

まあ、見知った死体がないのが不思議だったのは確かだから、嘘ではない。

エメルゥは、そんな俺に一つうなずいて言った。

「うん。ババルーアや皆と決めて、そういう死体は、できるだけ駆除した」

……ん？

俺は、疑問に思う。

「なんで、そんなことを……」

「グオーギガ、仲間の死体や怪我、嫌う。だから駆除した」

そう、エメルゥは言った。

……うーん。

特に嫌っていた覚えはないのだが。

オークたちを捕らえる前なのか、バリケード代わりの壁を作っていたときなのか、いつだかは知らないが、そんなことをしてくれていたのか。

「グオーギガの両親の死体、持ってきたかったけど、見つからなかった……」

エメルゥは言った。

俺は思う。

そんなことまで考えてくれていたのか、と。

正直、俺は生まれてからゴブリンたちをずっと警戒していた。

やつらはどんなに自分を慕ってくれる個体であろうと何の躊躇いもなく簡単に手を上げ、殺してしまうほどの攻撃を仕掛ける。

子供を殺す親だっていた。

だから、やつらにだけは心を許してはいけないのだと思っていた。

だが、なんとなく、ここにいるゴブリンたちは違う気がした。

もしかしたら、こいつらの【精神】や【知力】のステータスを上げたのが関係するのかもしれない。

甚だ見当違いかもしれないが、それでも俺のために何かをやってくれた。

それが俺にとっては、とっても嬉しかったんだ。

「その気持ちだけで十分だよ」

そう言った俺は、ぎこちないながらも、口を開けて上下の牙を見せ、そして口角を上げる。それはゴブリン流の笑顔。

俺は彼らの言葉で言ったんだ。

「ありがとう……」

エメルゥは、同じ表情を見せ、俺に向かってコクリとうなずいた。

――彼らを信じても良いんじゃないかな。

そんな風に考えた、七日後のことだった。

洞窟内で、仲間のゴブリンが人間の女性を襲うという衝撃の現場に、俺は出くわすことになったんだ。

†

「バ、ババババ、ババ、バハルーアーッ！」

「ン？　どうシタ、グオーギガ」

洞窟内で、リーダー格を見つけるために走り回った俺。

ステータス上昇にもかかわらず、息が切れている。

「水、飲みますか?」

「コップ、ある」

同じ部屋にいたジィアとエメルゥが寄ってくる。

ジィアは水差しを、エメルゥはコップを手に持っている。

俺の弟妹狼も、ここにいた。

弟狼がエメルゥの近く、妹狼がバハルーアの近くにいて、どうやら体毛に付いた木屑などを取ってもらっていたようだ。

狼同士で舐め合ったりもするようだが、ゴブリンたちもやってくれていたらしい。

「い、いいい、いや、そ、それよりもッ!」

俺は息が整うのを待ち、一気にまくし立てる。

「仲間たちが!　仲間たちが、人間を襲ってるんだ!」

それを聞いたバハルーアが、なるほど、と言うようにうなずく。

そして言ったのだ。

「アレは、大丈夫ダ!　人間じゃナイ!」

え、人間じゃない?　それって、どういう……。

じ、実は動く死体だったとか？　悲鳴上げてたけど。

それとも、人間に化ける能力を持った魔物とかなのだろうか……？

混乱しながらも、俺は一縷《いちる》の望みをかけ、バハルーアに聞いた。

「に、人間じゃないなら、あれは何なんだ！」

「ウン、アレは――」

バハルーアは自信満々に言い切る。

「奴隷ダ！」

あー、なるほど、奴隷か。奴隷なら……。

「人間じゃねーかーッ！」

「違ウ！　人間じゃナイ！　奴隷商、言ってテタ！」

俺のツッコミに、リーダー格が反論した。

「まあまあ、グオーギガさん、落ち着いてください」

ジィアが俺の肩に手を置き、なだめてくる。

――これが落ち着いていられるか！

俺はキッとジィアをにらみつけた。

「というか、お前いつもバハルーアとかと狩りに行ってたろ！　なんで止めねーんだ！　少なくとも、俺に知らせろ！」

「いや、今帰ってきたばかりでしてね。それに毎回一緒に狩りしてるってわけではありませんし。しかもゴブリンさんたちは足が速いんで。あっしが止めるのは無理ってもんです」

淡々とジィアが言った。

「それに今回は、そんな問題になりそうな行動ではなかったんですよ」

え……、そうなの？

「単に、奴隷狩りとしてゴブリンを狙ってきた人間を返り討ちにして、賠償として商品をもらっただけですから」

ば、賠償か。

「それに、ゴブリンさんたちが持っていった女性は犯罪永代奴隷でした。彼女たちの人権は、ある程度無視しても大丈夫なんです」

「そ、そうなのか。それなら……」

……よくない気がするが、異世界だしな……。

俺が一番怖いのは、法的にアウトなことをしてお尋ね者になったりすることだ。

犯罪ゴブリンを駆除しようとする人間に追い回されるような生活がイヤなのだ。

そうならないなら、良いんじゃないか。

そんな風に自分に言い聞かせていると、ジィアが不吉なことを言う。

「ただ、グオーギガさん用の奴隷としてもらってきた人間は、いくつか問題を抱えてまして……」

……えっ、何それ？　俺用？

「あの奴隷商は、多分リグキス帝国の人間だと思うんですがね。あの女性は、おそらくリーア聖国辺りの村娘が奴隷狩りに遭い、捕まったんだと思うんです」

「……それって聖国の救出隊が来るとか」

「いやぁ、奴隷商も、そこまでの重要人物には手を出さないと思います。ただ彼女を連れて聖国に行ったりするのは危ないというだけで。まあ、我々オークやゴブリンが聖国に行くなんてことはないから、大丈夫だと思うんですがねー」

ジィアは笑いながら言う。

「私と出会う前とかに、ゴブリンさんたちが変なことやっていなければ大丈夫ですよー。それに仮にも聖国が攻めてきたら、リグキス帝国に逃げれば良いだけですし」

なるほど……。

こいつの言葉を聞いていると気分が楽になる。どっしりとしているし、知識もある。さすが配下に慕われるリーダーだ。

そしてジィアは、最後に付け足した。

「まあ、逆にリグキス帝国の騎士が攻めてきたら、逃げ場はないんですけどねー」

急に不安になったが……。

……とりあえず、変な誤解は、されないようにするか。

奴隷の扱いを良くしておけば、何かあったときに彼女たちも庇《かば》ってくれるかもしれない。

そう皆に言い聞かせたかったが、今ヘタなことを言ったら、何をされるかわからない。

落ち着いたころが良いだろう。

「後で奴隷たちの扱いについて、皆と協議したいんだが」

「はい、それが良いですね。ゴブリンさんたちは、無茶な方ばかりのようですし」

ジィアが言う。

「僕、あの人たちには触らないけど……」

エメルゥが言う。

俺は、首をかしげながら、聞く。

「興味ないのか……？」

「うん」

……こいつは、クールだった。

俺みたいに成長が遅く、生殖機能が未発達なだけという可能性もあるが。

「俺も、触らナイな」

ババハルーアもそう言ってきた。イメージと合わない。

「……何か、問題でもあるのか？」

「他のメスのニオイ、ソイツ、怒る」

俺の質問に、指を差してリーダー格が答えた。

他のメスの匂いを付けていると、怒られる……？

疑問に思いながら、ババルーアの指差す先を見る。

……どうやら、俺の妹を指しているようだ。

いつの間に、そんな関係に。

しかもその言い方だと、妹狼の方が上位の関係のようだ。

母にもできなかった、ゴブリンを尻に敷くという行為を、俺の妹狼は達成しつつあるようだった。

俺たち兄妹は俺も含めてなんでこんなに優秀で、かわいらしいのだろうか。

そんな客観的視点に基づく評価を下しつつも、俺は続ける。

「とりあえず、協議には参加してくれるか？　他のゴブリンが、奴隷に暴力を働きそうなときとかに止めてほしい」

俺の提案に、エメルゥもババルーアもうなずいてくれた。

俺が言っても、ゴブリンが聞く耳を持つかはわからない。

だがエメルゥは、ゴブリンたちの中でも、かなり高い地位にあるみたいだ。

俺とエメルゥは仲が良いから、万が一のことがあったら、彼に相談すれば良いだろう。

「もう一人の奴隷、どうする？」

エメルゥが聞いてくる。

俺のためにもらってきたという奴隷か。

「……とりあえず、どんな人か見たいな」

食べ物とか、服代わりの布とか、何か贈り物をしといたほうが良いかもしれない。

今、俺以外のゴブリンの間で流行っている、ゾンビ虫を食材にした料理はあげられないが。

ゾンビ虫は、体色を変えられる、胴の短いゲジゲジみたいな生き物だった。

熊が死んでだいぶ姿は減ったが、それでもたまに洞窟内周辺で見かけるため、見つけたら狩っておいてと俺がゴブリンたちに頼んでおいたのだ。

ゾンビ虫の料理は、ステータス上昇効果は高いものの、丸焼きとか丸煮といったメニューしかないので、人間であれば食べたいとも思わないだろう。

生だと硬くて食べられなかったようだが、俺の能力で調理できることがわかって以来、ゴブリンたちはさらにゾンビ虫狩りに力を入れ、食材としてよく持ち帰ってくるようになっていた。

とにかく。

奴隷の彼女は、好感度が上がったりして、こちらのことを人間たちに漏らしそうにないと判断できれば、住んでいたところに帰してあげても良い。

エメルゥによれば、奴隷娘は今、俺がいつも弟妹狼たちと寝ている洞窟の一室にいるらしい。

奴隷の持ち主の証となる指輪とやらも渡されたので、アイテムボックスに入れる。

エメルゥに礼を言い、俺は一人でその部屋に向かった。

たどり着いたいつもの室内。そこに女性がいた。

壁には、今朝目覚めたときにはなかった杭のようなものが打ち込まれている。

そこからのびた紐が、女性の首輪につながっていた。

両手でトマトみたいな形の果実——多分、トマトだろう——を持って、もそもそとかじりついている。

手が汁で汚れていた。

それだけでなく、彼女の肌も、着ているボロ布も大量の泥で汚れ、髪には木の葉が絡まっている。

いかにもみすぼらしい恰好だった。

髪の色は茶色で、少し日に焼けたような浅黒い肌。

日本人的な容姿ではないが、確かにこの女性は前世のとき以来見ていない人間だった。年は十代後半から二十代ぐらいだろうか。

女性が俺の気配に気付き、こちらを見る。瞳も茶色だ。

そして満面の笑みを浮かべ——食べていた果実を俺に投げつけてきた。

バシャン！　という音とともに、俺の額で果実が弾ける。

それを見て、彼女はケタケタと笑っている。

ステータスのおかげで痛みはないが、トマトが熟していたために汁がひどい……。

俺は自分が着ているボロ布の内側に手を入れ、アイテムボックスから濡れた布を取り出す。

目に汁が入らないよう、額のトマトを拭いながら、人間の言葉で話しかけた。

『あー、奴隷として攫われて、怒りがあるのはわかるが、俺は君に危害を加えるつもりはない』

『あー、あー!』

彼女は満面の笑みを浮かべたまま、そんな声をあげる。

なんか変だな、と思いつつ会話を続ける。

『君が、俺たちゴブリンに悪さをしないとわかれば、住んでいたところに帰してもいいと思っている』

『あー、あー!』

彼女は、立ち上がる。

……喜んでいるのだろうか。

『とりあえず服が汚れているな』

そう言って、部屋からいったん出る。

彼女には見えないところでアイテムボックスから布と果物を取り出し、もう一度室内へ入る。

『単なる布だが、着るものと、食べ物だ』

俺がそう言いながら、彼女に果物を見せた途端。

『あーッ!』

彼女は叫びながら果物に向かって突撃してくる。

だが、彼女の首輪から伸びた紐は、俺の位置まで届くほど長くはなかった。

紐がピンと張り、首輪が彼女の喉に食い込んだ。

グエっという、漫画でしか見たことのないような声を上げた彼女は、後ろにバタンとひっくり返ることになった。


そこまでを見届けた俺は、振り返って走り出す。

さっきまでリーダー格たちがいた部屋へと。

「バ、ババババ、ババ、バハルーアーッ！」

「ン？　どうシタ、グオーギガ」

「あの娘、なにッ！　ぜんぜん話が通じないよ！」

「精神、壊レタ！　デモ美人！」

……ハーッ!?

そんな俺の疑問に、ジィアが答えてくれた。

「いや、理由は知らないんですが、もらった時点で精神がおかしくなっていまして。賠償としてもらったは良いんですが、あまり良いものではありませんでしたな」

「……なんだ、それ」

そういうことは先に言ってほしかった。

「まあ、精神を病んだ女性がゴブリンさんのところにいれば、普通はゴブリンさんのせいだってなると思いますから、気を付けてくださいね」

「それって……大丈夫なのか？」

「心配しすぎです。さっきも言いましたが、いざとなったらリグキス帝国に逃げればいいんです。帝国が成敗用の騎士でも派遣するなら別ですが、よっぽどのことがない限り大丈夫ですよー」

そう言って、ジィアは笑った。

彼らに襲われると、地理的に逃げるのが難しいらしい。

だが彼らは国外や国境付近の奴隷狩りは取り締まらないし、逆に、誰かが勝手に成敗したとしても咎めたりはしないんだそうだ。

――それが本当なら良いんだけど。

俺は、そう思った。

そしてこの五日後――。

リグキス帝国の騎士が洞窟にやってきたんだ。

†

「ぐ、ぐぐぐ、ぐぐ、グオーギガさーんッ！」

それは、俺と奴隷の娘が弟妹狼たちに付いたゴミを取っていたときだった。

何故か急に逃げ出そうとした妹狼を押さえつけていたときに、ジィアが飛び込んできたのだ。

「んー、どうしたー？」

珍しくジィアが慌てているなと思いつつ、妹狼をしっかりホールドする。

弟狼は奴隷の娘に抱きかかえられているのだが、こちらは特に暴れる様子はないようだ。

俺の質問に、ジィアは答えようとする。

「て、ててて、てて」

……が、よくわからない。

俺は茶化すように言う。

「敵襲か？　それとも帝国の騎士でも来たか？」

ジィアは、帝国の騎士に攻められるのを恐れていた。

こいつらに攻撃されると、地理的に逃げるのが難しいからだ。

俺たちがよっぽど馬鹿なことをしなければ大丈夫だと太鼓判を押していたが。

俺の言葉に、ジィアが絶叫で答えた。

「それです！　帝国の騎士ですーッ！」

——えっ、マジで……？

ジィアから説明を聞きながら、弟妹狼たちを抱え、洞窟の外に向かう。

隙があれば逃げ出そうとする妹を俺が、奴隷の娘が弟を抱える。

奴隷の娘は、ご飯をあげていたらいつの間にか懐いたらしく、俺のそばを離れようとしない。贈り物チートの力だろう。

とにかく食いしん坊で、チート料理を一日三食摂取できる、バハルーアに匹敵する人材だった。

普通の狼やゴブリン、オークたちは二食が限界だ。

他に三食食えるのはエメルゥぐらいだ。ただ、彼の場合、三食目は魚料理に限られるのだが。

【筋力】ステータスの上昇もあり、俺も彼女も苦もなく弟妹狼を抱えていられた。

「人間の奴隷がいることを知られたくない。これを、その子に」

俺はそう言って、頭からかぶる布をアイテムボックスから取り出し、ジィアに渡した。

「目立たせないのは、ちょっと難しいかもしれませんが……」

ジィアが、布を受け取りながら言う。

ゴブリンは普通、人間の子供ぐらいの大きさだ。

奴隷の娘のほうが皆より背も高く、しかも今は狼も抱えているから目立つかもしれない。

ジィアにより布をかぶせられた彼女に、俺は人間の言葉で告げた。

『俺の横で静かにしているんだ。布を深くかぶって、顔を見せないんだぞ』

彼女は、あー、と言葉を返した。

……ちょっと不安だが、チート料理で、彼女の【精神】と【知力】のステータスも上げている。

ある程度は正確にこちらの言葉を理解できるようになっているので、大丈夫だろう。


洞窟入口の落とし穴に板を渡し、さらにその先にある壁に向かって歩いていく。

出入口用の門を越えたところには、すでにゴブリンやオーク、狼たちがいた。

もう一人の奴隷の女もいた。

金髪の彼女は、普通に顔を出している。犯罪永代奴隷であることを示す、左頬の焼印の痕も見えていた。

人間を捕獲していることは、すでにばれているらしい。

単なる仲間だと思ってくれると嬉しいんだが、難しいだろうな……。

金髪の彼女が裏切ると面倒だが、近くにはエメルゥが立っていた。

何かあれば、彼がどうにかするだろう。

ゴブリンはじめ仲間たち皆が警戒し、ピリピリしているのがわかる。


彼らの視線の先には、四人の騎士が立っていた。

一人が前に立ち、残り三人が少し後ろに控えているといった感じだ。

前に立つ、黄金の装飾が施された派手な赤い鎧の男は、周囲のゴブリンやオークを見回していた。

彼だけ顔が見えている。中年の男のようだ。

後ろの三人は、黒い金属の全身鎧を着ている。顔も兜で隠れていた。

――森の中を、あんな重装備で歩いてきたのか。

【筋力】や【体力】は、高そうな敵だった。

まだ仲間がいるのだろうと、森のほうに目をやるが、特に「▼」は出ていない。

隠れていると、見つけられない仕様なのだろうか。

ゾンビ虫のときも死体のどこに寄生しているのか、「▼」では示されなかった。それと同じなのかもしれない。

彼らは騎士のようだが、馬を連れている様子はない。


ババルーアが俺たちが出てきたことに気付き、こちらを振り返る。

目が合うと、彼はコクリとうなずいた。

右手に鉄の棒を持ったババルーアが、派手な赤い鎧を着た男に向かって歩いていく。

……さすがは俺たちのリーダー格だ。一番危険なところには、いつも自らで進み出る。

いや、リーダー『格』などという余計なものはもはや失礼だな。

――彼はもう、俺たちの立派なリーダーだろう。

俺はいつでも逃げられるよう、ゴブリンという名の肉盾の陰に移動する。

奴隷の娘も近くによって来る。横に立つ娘にささやいた。

『〝来い〟と言ったら、付いて来るんだ。一緒に、走って逃げるんだぞ』

もし戦いになったら様子を見て、ダメだったら逃げるつもりだった。

戦闘に参加するつもりはない。熊と戦ったときに、俺の弓矢の能力があまり役に立たないこともわかっていた。

俺の矢は、オークにダメージを与えられなかったのだ。

あの死体たちのように聖属性に弱い相手じゃないと、俺の弓攻撃は意味がないのだろう。

ちょっと後ろ暗い気はするが、俺は死にたくない。

逃げると判断したとき、一応ゴブリンや狼にも声はかけるが、付いてこなかったら見捨てるつもりだ。

エメルゥはわからないが、他のゴブリンは逃げようと思わないだろう……。

幸い弟妹狼は、俺と奴隷の娘の腕の中にいる。

俺がもっとも守りたいものは、抱えて逃げることができる状態だった。

ジィアから預かった勇者のペンダントの模造品も、ちゃんとアイテムボックスに仕舞ってある。

逃げるときは、あれを首に掛けた方がいいか。

遠隔攻撃が当たりにくくなる効果があったはずだ。

俺たちが見守る中、バハルーアと赤い鎧の男が相対した。

最初に口を開いたのは、赤い鎧の男だった。バハルーアに話しかける。

「お前が、ここの王か？」

それはゴブリン語だった。

俺の父や死んだ族長のような綺麗な発音だ。

だが同時に違和感もある。単語を区切るように、妙にはっきりと言葉を発しているのだ。

子供にしゃべりかけるような話し方、と言ったらいいのだろうか。

しかし『王』とは、また大げさな。

「俺ハ、バハルーア、ダ！」

俺たちのリーダーは答える。

「ココで、一番ノ、戦士ダ！」

戦士だと告げたバハルーアは、さらに続ける。

——奴隷の娘を背後にかばい、できるだけ背を屈め、ゴブリンたちの群れに隠れて騎士たちの視線から逃れようとがんばっていた俺を指差して。

「王は、アソコの、グオーギガ！　最も知恵高きモノ、ダ！」

騎士たちの視線が、俺に集まった。

……ハァッ!?

†

「王」が俺だと言われ、パニックになる。

赤い鎧の男が、こちらをじろりと見た。

「お前が、王か！」

大きな声でしゃべりかけてくる。

そんな怒鳴んなくても聞こえるのだが。

ガシャリガシャリと音を立て、こちらに向かって歩き始めた。

ババルーアが、その男の前に立つ。鉄の棒を構えた。

俺と男の間に立つゴブリンたちも、手に持つ武器を構えたようだ。

抱えている妹狼の体にも、力が入っているのが分かる。

今にも飛び出しそうだ。

さっきまでは俺を傷つけないよう手加減して暴れてくれていたから大丈夫だったが、思いっきり暴れられたら押さえられないだろう。

「と、止まれ！」

俺は慌てて男に言う。その言葉に、男の足が止まった。

男が、「ほう」と感心したような声をあげた。

とりあえず、王がどうだとかの問題は棚上げだ。まずは、こいつらをどうにかしないと。

「何の用件があり、ここに来た！」

その俺の言葉に、男はうなずく。

そして右手の人差し指で俺を差し、言ったんだ。

「スカウトだ！」


「水しかありませんが」

そう言って椅子に座る俺は、赤い鎧を着た男に木のコップを差し出す。

場所は変わらず洞窟の外。木や土で作った壁の外だ。

彼らをもてなすために、洞窟内から水差しやコップ、椅子、テーブルなどをオークたちに運ばせた。

「かたじけない」

ガチャガチャと鎧を鳴らしながら、男はテーブルの上のコップに手を伸ばしてそう答えた。

オークが作ったゴブリンサイズの小さな椅子に、ちょこんと座っている。

少々間抜けな絵面ではあるが、敵地とも言える場所で堂々としている勇敢な人間だった。

男の言葉もさっきより丁寧になっている。

そうした雰囲気を感じ取ったのか、周囲の狼たちもリラックスし始め、座ったり伏せたりしている。

足元の妹狼は立ち上がって警戒しているが、弟狼は地面にぺしゃんと潰れていた。今にも眠りそうだ。

ボロ布をすっぽり頭からかぶった茶髪の奴隷娘も、弟狼にもたれかかっていた。

赤い鎧の男は、ババルーアをお前呼ばわりしていたので、敵対的なのかと思っていたが、そうではないらしい。

単にゴブリンたちの習性や方言に合わせて、しゃべっていただけのようだ。

確かに普通のゴブリンは『お前』以外の人称を知らない。うちの集落独特のものかと思っていたが、ゴブリン全体の特徴だったようだ。

ただ、エメルゥは『君』と呼んだりするし、俺の父や族長も『お前』以外の呼び方を使うことがあった。うちの集落は、逆の意味で珍しいタイプだったのだろう。

赤鎧の男は、俺とエメルゥの話し方が思いの外流暢であることにとても驚いていた。

男が『王』という呼称を使ったのも、ゴブリンの族長がそう呼ばれると嬉しがることが多いからとの理由だったらしい。

父も『父さま』と呼ばれると喜んでいた。

種族全体に、そういうチョロいところがあるようだ。

チョロいゴブリン、略してチョロリンである。

俺としては、特に族長になった覚えはないものの、男には『王』ではなく『長』、もしくは『族長』と呼んでくれと伝えた。

「それで、我々を雇いたいとのことでしたが……」

俺は、ゴブリンたちのスカウトに来たという男に話しかける。

全身鎧の騎士たちは、全員人間らしい。

「おおっ、そうなのだ。今、リグキス帝国では、優秀な戦士を集めていてな。この森の周辺に、強暴だが話の通じそうなゴブリンがいるらしいと聞いて、やって来たのだ」

男は目を細めて言う。

「話半分だったのだが……。貴殿を見る限り予想は良い方に裏切られたようだ」

「はあ……」

俺は、そう答えた。

男はひとしきりしゃべると、俺が渡したコップの水を飲む。

――毒や水の安全性は警戒していないようだ。

信頼されているのか。もしくは何か対策をしているのかもしれない。

それにしても、なんで俺たちの話がこいつに伝わったのか。

まさかジィアが伝えたということはないと思うが。

彼はリグキス帝国の傭兵をしたことがあると言っていた。

そんなことを考えていたら当の本人から質問が上がる。

「あのー、なんで我々のことを知ったんですかねー？」

男はジィアに顔を向け答えた。

「うむ。少し前、ここら辺りを中心に、死体を操る奇怪な虫の報告があってな。リグキス帝国でも調査の兵を送ったのだ」

ゾンビ虫のことだろう。

「そのとき調査に行った者たちから、不思議なゴブリンたちの目撃情報がいくつかあったのだ」

男の言葉に、バハルーアが胸を張って答えた。

「ウン。人間、助ケタ！　グオーギガ、望むコト！」

……敵対するなとは言ったが、人間を助けろと言った覚えはないのだが。

まあ、それで人間側に恩を売れたのなら問題ないか。むしろ褒めてやるべきところだろう。

俺が心の中でよくやったとバハルーアを賞賛していると、男が言った。

「おお！　やはり、あれは我々の兵を助けようとしてくれていたのだな！」

男は得心した、といったような声を出す。

「人間の言葉で『避《よ》けろ』という叫び声が聞こえた後、ゴブリンたちが大量の岩や木を山の上から落としてきたと話題になっておってな。警告がないときもあったらしいし、そもそもあれは避けられようもないからのう。こちらをおちょくるためにやっているのだと、一部の者は憤慨しておったわ！」

男はカラカラと笑った。

……うん、さっき君にやった賞賛の言葉を返してほしいよ、バハルーア。

その岩や木で人間死んでねーだろうなと俺が遠い目をしていると、男はさらに続けた。

「ものを投げ落とす能力といい、その腕力といいすばらしい。傭兵として雇われてくれないか？　今ならどんなことをしていても不問になるぞ」

男が俺を見る。

罪を犯した記憶はないが、知らずに何かやっていたとしても、お咎めなしということだろうか。引き受けておけば後々自由に帝国に出入りできるな。それは嬉しいことだが、俺、戦い嫌いなんだよな……。

迷っていると、さらに男が押してくる。

「私には、ある程度の裁量権が与えられている。君を気に入っているのだ。今引き受けてくれれば名誉騎士！　大きな手柄を上げれば名誉将軍の称号を与えよう！」

……なんで会ったばかりのゴブリンごときに、そんな地位を授けようとするのか。

騙そうとしているんじゃないかと逆に不安になってきた。

騎士の前に『名誉』って付いているし、そんなに重要な地位じゃないのか。

ジィアをチラリと見ると、「ふーむ」と言いながら腕を組んでいる。

解説をしてくれる気はないようだ。

仕方なく名誉騎士について尋ねようとすると、バハルーアに先を越される。

「キシ？　ソレハ、ナンダ？」

「兵を支配する者だ！　お前の長が、そうなるのだ！」

『兵』か。

奴隷ゴブリンで作った兵団の指揮官とかだろうか？

面倒そうな臭いがプンプンする。

裁量権はあまりないくせに、こなすべき義務が大量にある、とかもありそうな話だ。

俺がお断りしようと口を開いたときだった。

「ワカッタ、ヤロウ！」

バハルーアが、そう言った。

えっ、ちょっと待った。

「お、俺はイヤだぞ！」

焦って声を出す。

「大丈夫ダ！　待ってイロ！　皆で取ってクル！　行クゾ！」

えっ、皆でって、どこへ……？　取ってくる？

俺は軽くパニックになる。

ゴブリンたちは、そんな俺を待ってはくれない。

バハルーアの言葉に周囲のゴブリンたちが気勢を上げた。

「「「オウッ‼」」」

座っていた狼たちも立ち上がる。

「ちょっ、ま――」

止めようとする、俺。

だが、それも間に合わない。

ゴブリンたちは、赤と黒の鎧の人間四人、金髪の奴隷娘、そして何故か二体のオークたちまでもを担ぎ上げ、皆で走り出してしまった。

勢いに乗せられたのか妹狼も一緒だ。

五体で七体を担ぐゴブリンたちは、狼と一緒に走り去っていった。

しばらく呆然としていた俺は、はっと我に返る。

辺りを見回す。

足元では眠りを妨げられたのか、弟狼がむっくりと立ち上がっていた。

彼にもたれかかっていた食いしん坊の奴隷娘は、この状況に目を丸くしている。

そして担がれることから辛くも逃れたジィアが、脇でへたり込んでいた。
他には誰もいない。皆、行ってしまった。
オークを仲間に加えて以来、俺の護衛として誰かが必ず残ってくれていたのに。
ゴブリンたちの脳内では、ジィアさえ残っていれば大丈夫だと思ったのだろうか……。
ジィアと目が合う。
「あの……」
やつが話しかけてきた。
確か、洞窟の近くにはまだゾンビ虫が彷徨っていたはずだ。
ゴブリンたちが時々食べ物として持ち帰ってきていたし。
それにあの熊の化け物みたいなのが、また現れる可能性もある。
そんなのから自分の身を守りつつ、弟狼や奴隷娘を守る自信なんて俺にはなかった。
俺は無言で椅子から立ち上がると、茶髪の奴隷娘を抱えた。
そして長らしい命令の言葉を、姿の消えたゴブリンたちに放ったのだ。
「待ってー！」
その声がゴブリンたちに届くよう祈りながら、俺は彼らの後を追いかけ始めた。
「あっ、待ってください、グオーギガさーん！」
俺に続いて駆け出すジィア。

†

俺たちは昼夜を問わず、仲間たちを追いかけて走った。

それでも、食料をめぐって地面が割れるようなケンカをしていたゴブリンたちに追いつくのに、三日の時間を要したのだった。

——弟狼の鼻がなかったら、絶対に追いつけなかっただろう……。

月が導く異世界道中
Tsukiga Michibiku Isekai Dochu
1〜5
あずみ圭
Azumi Kei
薄幸系男子の
成り上がりファンタジー
開幕!
早くも累計
17万部
突破!
アルファポリス
「第5回ファンタジー小説大賞」
読者賞受賞作!!
平凡な高校生だった深澄《みすみ》真《まこと》は、両親の都合により問答無用で異世界へと召喚された。しかもその世界の女神に「顔が不細工」と罵られ、最果ての荒野に飛ばされてしまう。人の温もりを求め荒野を彷徨う真だが、出会うのはなぜか人外ばかり。ようやく仲間にした美女達も、元竜と元蜘蛛という変態＆おバカスペック……とことん不運、されどチートな真の異世界珍道中が始まった——
各定価：本体1200円+税　illustration：マツモトミツアキ

富哉とみあ（とみやとみあ）
2014年8月より「小説家になろう」にて本作の連載を開始。同時期に開催されていた第7回アルファポリスファンタジー小説大賞に参加し、優秀賞を受賞。2015年1月に同作にて出版デビュー。ゴブリンよりも犬が好き。

イラスト：aoki

本書は、「小説家になろう」（http://syosetu.com/）に掲載されていたものを、改稿のうえ書籍化したものです。

ゴブリンに転生《てんせい》したので、畑作《はたさく》することにした

富哉とみあ（とみやとみあ）

2015年 2月 10日初版発行

編集－上山拓也・太田鉄平
編集長－塙綾子
発行者－梶本雄介
発行所－株式会社アルファポリス
〒150-6005東京都渋谷区恵比寿4-20-3恵比寿ｶﾞｰﾃﾞﾝﾌﾟﾚｲｽﾀﾜｰ5F
TEL 03-6277-1601（営業） 03-6277-1602（編集）
URL http://www.alphapolis.co.jp/
発売元－株式会社星雲社
〒112-0012東京都文京区大塚3-21-10
TEL 03-3947-1021
装丁・本文イラスト－aoki
装丁デザイン－ansyyqdesign
印刷－中央精版印刷株式会社

価格はカバーに表示されてあります。
落丁乱丁の場合はアルファポリスまでご連絡ください。
送料は小社負担でお取り替えします。

ISBN978-4-434-20245-2 C0093